vmn

WILHELM WOLPERT

Fränkisch verheiert

Du sollst mich begehr',
sonst kannsta mich gern hab!

Verlag M. Naumann

Copyright by
Verlag Michaela Naumann, vmn, Nidderau, 2008
Gesamtherstellung:
Danuvia Druckhaus Neuburg GmbH,
86633 Neuburg/Donau

ISBN 978-3-940168-16-0

1. Auflage 2008

Das Umschlagbild zeichnete Helmi Scheuring.

Bibliografische Information der Deutschen Nationalbibliothek
Die Deutsche Nationalbibliothek verzeichnet diese Publikation in
der Deutschen Nationalbibliografie; detaillierte bibliografische Daten
sind im Internet über http://dnb.ddb.de abrufbar.

Über WILHELM WOLPERT können Sie sich
auf seiner Webseite unter
www.wilhelm-wolpert.de informieren.

Mehr Bücher und Hörbücher von Wilhelm Wolpert
finden Sie auf Seite 80 oder im Internet unter
www.vmn-naumann.de und natürlich im Buchhandel.

Gerne senden wir unser Verlagsverzeichnis
mit vielen weiteren Büchern und Hörbüchern für und über Franken.

vmn
Verlag M. Naumann
Meisenweg 3, 61130 Nidderau
Tel. 06187 22122, Fax 06187 24902
E-Mail: info@vmn-naumann.de
Besuchen Sie uns im Internet:
www.vmn-naumann.de

Inhalt

5

Ehekräche

Ehepaare sinn oft sehr unterschiedlich.
Mancha sinn brav, aber net alla sinn friedlich.
Mancha bläckng sich an, gehn aufänanner los,
net ner bloß Männer, aa Weiber – die Gefahr iss groß.
Wenn aus der friedlichen Streiterei dann der Kampf
entbrennt,
ergreift Moo oder Fraa vielleicht sogar es Beil mit die
Hend.
Ja, ja, des soll's geb. – Ihr guckt so empört?
Habt ihr noch nie äwas von Ehegatten-Splitting ghört?

Zwämal am Tag

Een Schoppm nachng annern trinkng sa unverdrossen.
Um Viertel eensa geht der ee hemm, es wird gassn.
Um fümfa rum langt er scho wieder nach seiner Kappm:
»Fraa, ich geh jetzt zu mein Dämmerschoppm.«

Wie er durch die Wirtshaustür kummt, gleich vis-à-vis,
sieht er, da höckt noch sei Kamerad von heut früh.
»Du bist dir vielleicht ä Lümpla«, schent da der Moo.
»Heut früh warst du scho da, und jetzt höckst du immer
noch da.« –
»Na und? Was will ich denn mach? Und bloß, dass du's
weißt:
Zwämal am Tag neis Wirtshaus, des kann ich mir net leist.«

Ä fränkischa Schwiegermutter

Was, ihr wisst net, wie ä Bad geputzt wird? Ä fränkisches Bad? Nä, ke Schwimmbad, ä normals fränkisches Hausbad mit Wanna, Dusche, zwä Güss und än Abort. Mir sachng net ›Toilettn‹ oder ›Klo‹. Höchstens, dass mir ämal ›Lokus‹ sachng, aber hauptsächlich sachng mir ›Abort‹, des versteht ä jeds. Ä Spiegel iss aa drin in den Bad. Und die Wend und der Boden – alles weiß geplättlt, schneeweiß.

Und des Bad soll jetzt vom Konrad geputzt wer. Mir sachng von jetzt an ›Kunner‹ zu na, des iss fränkischer. Er wissert ja, wie es Putzn geht, hat sei Erna gsacht, sie hätt's na ja scho ämal ä weng gezeigt letzta Wochng. Jetzt steht er sauber da, der Kunner, aber es Bad iss dreckert. Er derf der Erna net widersprech, er iss nämlich arg spät hemmkumma heut nacht, und zehn Euro hat er beim Schaffkopfspieln aa verlorn. Die Erna hat sein Geldbeutel nachgezählt.

Er hält sei Goschn und fängt an. Wie iss es Badputzn wieder anganga? Er überlegt.

Zuerst ämal mecht er es Radio an, und dann räumt er die beweglichen Dinger raus. Abfalleemerla, die Körperfettwaage, die Fußmattn und die Abortbürschtn – naus vor die Tür. Da liegt aa noch ä verschwitzter BH vo die Erna und ä Dingsda ... na, des sag ich lieber net – aa naus vor die Tür. Än Eemer mit lauwarma Pril-Wasser hat er aa scho und ä paar alta zammgschnittena Unterhemdn – des sinn die Putztücher. Er kann anfang. Halt! Noch iss der Boden trockng. Zu allererscht müssn jetzt die Haar und die Härli gemoppt wer.

Da kummt fei was zamm im Laufe einer Woche. Viel Staab, ä Büroklammer, drei Sicherheitsnadeln, fümf abgezwickta Fuäßnägel, zwä klenna dunkla Böllerli (was ner des iss?) und natürlich jede Menge Haar. Lauter dunkla Haar. Der Kunner selber hat weißa Haar. Die sicht mer net, wenn era überhaupt da sinn. Wu ner der Haufm Staab herkummt? Wahrscheints von die Sprüherei und von die Fönerei. Der Kunner grunzt: »Weiberstaab!«

Jetzt kummt der Spiegel. Halt! Da derf er ke Pril-Wasser nämm. Spiegel immer mit klarem Wasser, des hat er sich eigeprägt. Soooo – fertig. Scheiße, da iss noch ä Mordsmuckerschiss drauf! Noch ämal Wasser und noch ämal nachpoliert.

Was kummt jetzt? Abstaubm oder Ata? Der Kunner staubt erst ämal ab. Nebelfeucht muss des Tuch sei, hat na die Erna gelernt. Pfeif drauf, von wegen ›nebelfeucht‹. Der Kunner mecht des Tuch nass und wind's aus. Fei net so, wie wenn mer een den Krachng rumdreh wollert, nä, die link Hend vo obm und die recht Hend vo unten. (Des sinn die Feinheiten, dadran erkennt man den perfekten Putzmoo.) Also, was es alles zum Abstaubm gibt: die Regale, die Schränkli, den Heizkörper, des Radio, Tubm, Cremetöpfli, Bürschtli, Kämm und die viela, viela Flaschn nachänanner. Der Kunner grunzt scho wieder: »Lauter Weibergschmier und Weibergsprüh!« Er liest andächtig die Etikettn: »*Anti-Aging.*« Aha. »Vaseline.« Was sei muss, muss sei. »Antifaltentinktur.« Aha. »... gegern Juckreiz ...« Aha. »*Im-team-Spray.*« Aha.

So, jetzt Ata. Zuerst die Güss gscheuert. Keramik und Chrom und mitn Finger nei die Ausgusslöchli. Was er da alles rausholt: wieder dunkla Haar, ä alts *Second-hand*-Pflaster und – »Au!« – des war ä Stecknadel. So, die Güss sinn herrlich blank. Der Kunner schwört: »Da wäscht mer so schnell kenner mehr sei Hend drin und säut sa ei!«

Der Abort hält auf. Weniger die Schüssel und die Brilln – nä, der Abfluss, da muss er mit die Hend mit sein

Tuch untn um die Kurvm rum. Sauerei, des Tuch sicht aus! Wieso iss denn des Tuch so braun? Die Schüssel iss doch weiß. Jetzt strahlt der Abort, wie wenn er neu gekäfft wär. Jungfräulich weiß. Bloß blöd, dass der Kunner, weil er so viel mit Wasser rumgepanscht hat, fast ämal scho wieder drauf müssert aufm Abort. Nein! Er reißt sich zamm. *Der* Lokus soll sauber bleib! Mit dem Aborttuch kann er jetzt net weitermach. Er nimmt ä neus, weil er doch mit so än eigsäutn Tuch ner bloß die Bazillusse übertragert. Nexts Mal will er fürn Abort ä Wegwerftüchla nämm.

Die Dusche noch und die Wanna. Fertig mit Ata? Ja, scho, aber der blöd Wasserhahn in der Wanna tröpfelt dauernd nach, wie bei än altn Moo geht's. So alt iss doch der Wasserhahn noch gar net. Ee Jahr Wasserhahn entspricht wahrscheints sieben Menschenjahre, wie bei die Hünd. Der Kunner legt ä trockngs Tüchla unter den inkontinenten Wasserhahn auf die strahlende Politur.

Jetzt fehlt ner bloß noch der Boden. Der iss scho ziemlich nassgetröpfelt durch die Putzerei, also braucht mer nix mehr so viel Wasser zum Rauswischn. Der Kunner fällt auf die Knie und wischt den Boden zamm und trockngt gleich nach. Immer vier plättlesreihenweis, dass er net durchänannerkummt. Es wär scho ärgerlich, wenn er ee Plättla zwämal wischert.

Da schreit die Erna aus der Küch: »Fei aa die Plättli in der Dusche!«

»Ja, Erna!«

Der Kunner brummt vor sich hin: »Die Plättli in der Dusche sinn doch gar net dreckert …« Weil er sich ärgert, will er die Erna aa ärger und putzt vier Plättli nicht – überhaupt nicht, er lässt sa aus. Und die ausgelassena Plättli, die merkt er sich genau.

Endlich, es Bad iss fertig. Die rausgeräumta Sachng

wern abgewischt und wieder neigstellt. Alles blitzt und blinkt wie ä frischgeprägtes Zehnerla. Es ganza Bad iss wie ein einziger Spiegel. Der Kunner iss ganz geblendet vo sein Werk. So sauber war's noch nie.

»Erna«, schreit der Kunner, »Erna, dass fei jetzt net gleich wieder eener aufm Abort geht oder sich gar die Hend wäscht, jetzt wo's so sauber iss!« Sein eigena Harndrang hat der Kunner verdrängt.

Die Erna kummt ins Bad, und der Kunner strahlt genauso hell wie es Bad selber.

»Erna«, frecht er, »siehst du irgend äwas, was ich eventuell vergessn hätt?«

»Nä, alles bestens.«

»Iss alles ok? Aa alla Plättli? Guck bitte nach in der Dusche.«

Die Erna inspiziert alla Plättli in der Dusche, aa die ungeputzta, und secht: »Kunner, ich hab nix, aber aa gar nix auszusetzn. Alla Plättli glänzen wie pures Gold, des hasta prima gemacht ...«

In dem Moment schellt's. Der Erna ihr Mutter kummt, auf ihrn Besenstiel rittn, auf einen Blitzbesuch.

»Mama«, schreit die Erna, »Mama, guck doch ämal, was der Kunner heut in eener Stund gemacht hat!«

»So, was hat er denn scho wieder angstellt?« (Der Kunner gilt net viel bei seiner Schwiegermutter.)

»Na, guck doch ämal: Es Bad hat er heut ganz ällee geputzt. Da sechsta nix, hä?«

Da nimmt än Kunner sei Schwiegermutter ä klenns Messerla, tut ä feuchts Tüchla drüber und fährt damit über ä klenns unscheinbares Ritzerla vom klenna Badradiola. Vorn an dem Tüchla iss anschließend ä klenns schwarz Pünktla. Sie fährt den Schaffkopfspieler an: »Des Bad soll geputzt sei? Des Radio iss ja noch ee Dreck! Da, guck doch ämal des Tüchla an!«

Also, ich muss era recht geb: Der Kunner iss scho ä Sau,
wie er im Buch steht, dass er des Wichtigsta vergisst – es
klenna Ritzerla im Badradiola. Also, dass er sich da net
schämt? Er schämt sich scheints doch. Er geht nein Gartn
zum Pießn. Er will sei Bad, des wu er so dreckert hinter-
lassn hat, net noch mehr eisäu.

Das Porträt

Ä Moo höckt sich an die Bar und bestellt sich Whisky
                                        und Gin.
Aber vorher stellt er ä Porträtla von seiner Fraa vor sich hin.
»Alln Respekt«, secht der Barkeeper, »Sie lieben ihr Fraa,
                                        Sie sind ein Guter.« –
»Nä, ich hasse mein Eheweib! Ich mag sa net, des Luder!« –
»Aber Sie hamm doch grad liebevoll ihr Bild betracht und
                                        ihrn Mund.« –
»Dass ich mei Fraa im Aach behalt, des hat einen ganz
                                        andern Grund.
Wenn sa nämlich anfängt und gfällt mir, wenn sie einem
                                        Engelein gleicht,
dann wäß ich: Schluss mitn Trinkng, ich bin besuffm,
                                        es reicht!«

Teuere Frauen

»Hans, du im Freudenhaus? Bist denn du noch bei Trost?
Denk doch bloß ämal, was des heutzutag kost!« –
»Na ja, fuchzich Euro. Was iss scho derbei?
Ich geh da alla vierzehn Tag ämal nei!« –
»Aber, Hans, du musst doch auf dei Geld ä weng schaun.
Und des sinn doch alles bloß käuflicha Fraun.« –
»Brava, anständiga Frauen kann ich mir net leistn.
Nämlich die Frauen, wu net käuflich sinn, kostn
                     bekanntlich am meistn.«

Sparsamkeit

»Fraa«, schnauft der Moo, »heut hab ich mein Bus
                     versäumt.
Aber den Busfahrer, den hab ich geleimt.
Er iss mir vor der Nasn davongebraust.
Und ich, net faul, bin hinter ihm her gesaust.
Und stell dir ämal vor: Auf diese Art
hab ich mindestens zwä Euro gspart.« –
»Mehr hästa gspart«, bläckt sei Fraa, und sie schent,
»wärsta statts hinter än Bus hinter än Taxi hergerennt!«

Bösa Männer wern alt, bösa Weiber aa

Ein Telefongespräch

Hallo, Carola! Hallo! Bist du's, Carola? Ich bin's. Du, sag ämal, warum sicht denn der Albert alleweil so schlecht aus? Wer? Na der Albert, der Müllers Albert …

Der iss krank? Waaas? Wie bitte? Soweit iss es scho? Was? *Wie* lang gibt na der Dokter noch? Ä halbs Jahr?

Naja, eigentlich, warum soll denn der Albert net sterb? Er iss vieräsiebzich, da hat mer ja, wie mer so secht, sei Läbm …

Was meensta? Wie bitte? Wie's mein Moo geht? Oje, du wäßt doch selber: ämal so, ämal so. Ee Tag wie der anner. Dem fehlt nix, er wird halt im Alter immer eigensinniger. Früher iss er mir nachgeloffm, jetzt steht er mir im Weg.

Wie? Wie alt dass er jetzt iss? Na, er geht jetzt stramm auf die Fümfäsechzig zu. Kerngsund iss er, ä bissla Gicht hat er, aber dadran stirbt mer net. Ganz im Gegenteil! Stell dir vor, jetzt hat er sich die ›Bravo‹ bestellt. Deraweil lesn mir doch die ›Apotheken-Umschau‹. Die langt na net, secht er.

Und wie geht's denn dir, Carola? Gut? Na, des hört mer gern. Was? Ihr habt sogar än Ausflug gemacht mit die Single-Senioren? Was, fast lauter Witwen? Und die warn alla so zufrieden? Und ich hock derhemm und … Wo seid ihr denn hingfahrn? Was? Bloß nach Altötting? Ach so, anschließend nach Bad Füssing zum Tanzn, aha. Wie bitte, ›die Sau‹? Ach so, ihr habt in Bad Füssing die Sau rausgelassn. Schad, dass ich da net derbei war. Ich bin zwar aa scho im Seniorenalter, aber Single – des dauert wahrscheints noch ä bissla.

Mir? Wie's mir geht? Ach, mir geht's gut soweit. Obwohl, so gut wie dir geht mir's net, du bist freie Witwe, du bist dei eigener Herr, du kannst mach, was du willst. Na ja, jetzt bin ich noch gebunden, aber ich hol des alles wieder auf, wirst sehn. – Du, neulich hat's ämal so ausgsehn, als wie wenn mei Moo ernstlich … Ja, es hat wirklich so ausgsehn, als wie wenn er tatsächlich … Aber – obst's gläbst oder net: Acht Tag drauf war er wieder fit, fit wie ein Turnschuh! Keine Chance!

Du, Carola, sag ämal, an was iss denn eigentlich damals dei erschter Moo gstorbm? Was, was hat er erwischt? Ein schlimmes Bakterium? Än Killer-Bakterius? Wie hat denn der ghässn? Legionellus? Moment ämal, ich will mir bloß schnell ämal äwas aufschreib. Ja, dass des mein Moo net aa passiert … Und dei zwätter Moo? Ach so, ganz normal, an Schädelbruch. Wie bitte? Doppelter Schädelbruch. Aha.

Und die zwä hamm dich scho mit Mitte fuchzich zur doppelten Witwe gemacht mit doppeltem Rentenanspruch nachng doppelten Schädelbruch. Des warn halt noch Männer damals, des warn Charaktere!

Wie? Nä, nä, mei Moo, der hält auf sich, der lebt ja so gsund und braungebrennt, da meensta glatt, der wöllert die goldene Hochzeit aa noch feier. Ich will na ja aa net soo rasch loshab, aber mer braucht scho Geduld. Letzten Endes, wäßta, iss es ja immer noch mei Moo, und mir hamm mitänanner Freud und Leid erweckt. Er iss mir ja sozusachng im Laufe der Zeit ans Herz gewachsen, aber jetzt liegt er mir schwer im Machng.

Eigentlich brauch ich na doch aa gar nix mehr. Es eenzicha, wo ich na noch ab und zu brauch, iss fürs Bett. Nä, net, was du denkst … fürs Bett! Fürs Bettenmachng! Ich kann mich doch mit mein verbochena Kreuz nix mehr so bück und die schwera Matratzen hochheb und die blöda Spannbetttücher drüberzieh.

Ja, da hilft er mir. Ach und wie er immer des Bett anguckt! Er war halt aa ämal jung. Aber jetzt, mit fümfäsechzig, da iss er zwar für alles zu habm, aber zu nix mehr
zu gebrauchng, Wie bitte? Wie meensta? Was hasta
gsacht? Ich hab dich gläb ich falsch verstanna. Was? Mei
Moo kann hunnert Jahr alt wer?

Mach mer fei ke Angst, wo ich doch scho so schöna
Plän gemacht hab für mei Alter! Wenn du wüsserst, was
ich mit den Moo mitmach! Ä neus Auto will er noch käff,
stell dir vor, mit fümfäsechzig ä neus Auto! Än BMW-
Geländewagen!

Und einen *BeeDsee* hat er sich angschafft, ja, mit einer
Mikroprozession, mit än *Mäusla* und mit einem *Kiiboord*.
Und da kriegt er immer so *Emaile*, unverlangta, secht er.
Sie schlachng na die tollsta Sachng vor: Er könnert sein
Dings verlänger lass. Nä, net sei Läbm verlänger – sei
Dings. Er wöllert aber gar net, secht er.

Wie bitte? Ich tu dir leid? Ich tu mir ja selber scho leid
mit dem Moo! Ä neus Auto, wo der doch, wie mer so
secht, mit een Fuß scho im ... ja, genau! Und da hat der
noch sötta Pflenz im Kopf! Annera Leut setzen in dem
Alter scho ämal ihr Todesanzeichng selber auf. Also,
wenn's ämal sei soll – ich bin bereit. Na gut, jetzt kurz vor
Allerheiligen muss es net grad sei, jetzt, wo unner Grab
frisch angepflanzt iss, aber sonst ...

Iss so was net bewegend? Die eigene Todesanzeige
schreibm ... Du, ich bin fei sehr sensibel. Du, wie mei
Katz damals gstorbm iss, da hab ich ä ganza Wochng lang
Rotz und Wasser gheult. Ich weiß nicht, wenn mei Moo
ämal ... ob ich dann aa ä ganza Wochng lang ... Ich weiß
es wirklich nicht.

Na ja, aufm Grabstee vo seiner Familie hab ich ja sein
Nama schon ämal draufschreib lass und sei Geburtsdatum.
Wie? Na freilich, des wird ja immer teuerer, und was mer

hat, des hat mer. Wie bitte? Mein Nama? Nä mein Nama nu net. Es braucht doch kenns zu wissen, wie alt dass ich bin.

Was? Wie er lebt? Na, ungsund. Alle Tag ä paar Schoppm Silvaner, und am liebsten isst er Sauerkraut und Krettelfläsch ... Annera wäredn da scho längst ... Er net, net ums Verreckng! Aber aa sonst, er isst alles, was ich na hinstell. Er isst alles – außer Pilz, die rührt er net an. Komisch, Pfiffer mag er kenna. Er hat gsacht: »Die ess ich net, da kannsta Gift drauf nehm.« Deraweil will ich doch nur sei Bestes.

Was mecht denn eigentlich euer Seniorenkreis? Da ghörst du doch aa derzu. Ach, ich wär aa so gern ämal derbei. Was? Wo wart ihr? In Nürnberg? Was? Lauter Frauen und kein einziger Moo? Und des soll schö sei? Aha, ee Moo war scho dabei. Was, ä junger Moo? Denkt ämal an: lauter reifa Weiber und ee junger Moo! Wie bitte? Ach so, des war der Chauffeur.

Wäßt, wo ich als erschtes hinfahr, wenn's ämal soweit iss? Nach Mallorca. Da muss es ja sündhaft billig sei. Des soll ja ein Witwenparadies sei, sachng sa. Also, bis ich nach Mallorca kumm, des kann allerdings noch dauer. Mei Moo pflegt und hegt sich. Neulich hat er sich Mittag hingelegt, zu än Schläfla, hat er gsacht. Ja, wie will mer denn auf die Art und Weis alt und leidend wer? Mei Oma iss siebmäneunzig worn, die hat sich aa jedn Mittag ä weng hingelegt.

Also, Carola, in letzter Zeit bring ich des Gfühl net los, der will mich überleb. Warst du eigentlich aa scho ämal in Mallorca? Was? Scho zwämal? War's schö? Was? Hotel mit Sauna und Wellness? Gell, du bist ämend aa nei in den Sündenpfuhl? Ehrlich? Warn Männer aa drin? Was? Total nackert?

Da wär ich aa gern ämal mit nei. Än nackertn Moo hab

ich scho ewig lang nix mehr gsehn. Wie bitte? Meiner?
Meiner iss doch ke nackerter Moo! Des iss ä nackerter Witz
mit Bauch und mit Plattn! Du, Carola, wie lang iss jetzt
des mit dein zwättn Moo scho her? Acht Jahr scho? Aha.
Mensch, da warst du ja erscht siemäfuchzich, da hasta ja
noch die tollsta Lunnerer mach könn. Du hast's gut.

So, Carola, jetzt muss ich aber mitn Telefoniern aufhör.
Also, mach's gut! Du, eens sag ich dir: Mei Moo und ich,
eener vo uns wenn ämal stirbt, dann fahr ich aber sofort
nach Mallorca, des iss so sicher wie es Amen im Gebet!

Was alles passier kann

Ich lieg mit än Kumpel am Strand, und mir regeneriern
                                                    uns,
Da kummt ä Mädla auf uns zu, tolle Figur, sie passiert uns.
Ich spring auf, laff era nach und sag, dass ich sa mag.
Aber sie secht ganz schnippisch, so Zeug könnert sa net
                                                    vertrag.
Aber ich lass net nach und sag, ich möchert sa heier.
Endlich, nach Jahren, hab ich dann Hochzeit mit era
                                                    könn feier.
Und immer wieder sag ich, wie's ämal ä großer Dichter
                                                    formuliert hat:
»Fraa, du bist es Besta, was mich je im Läbm passiert hat.«

Ohne Trauschein

Iss des schlimm, dass weder Kirche noch Staat
dem Fritz sei Ehe gesegnet hat?
Es iss aa net annersch als wie in ä normala Eh'.
Der Fritz liest früh sei Zeitung und schreit nach Kaffee.
Der Fritz müsst grad früh doch in Liebe entbrenn,
aber er iss zwar ä Moo, doch Bock hat er kenn.
Kann er Mittag seiner Fraa ihr Wünschli verwehr?
Er kummt grad ausn Stau, er hat genug vom Verkehr.
Also, irgendwie müsst sich bei dem Pärla doch was regen.
Vielleicht fehlt da doch bloß der kirchliche Segen?
Gegen Abend probiert sie's, verrucht wie ein Luder.
Er guckt sich die Straps an und höckt sich na'n Computer.
Und aa nachts bleibt unerhört ihr erotisches Flehn.
Und so was nennt mer im Volksmund fei ›wilde Ehen‹.

Sauber!

Ä Fraa beim Liebesspiel in Ekstase
beißt ihrem Liebsten in die Nase.
Und sie flüstert ganz lüstern: »Oh, du Barbar,
sag mir äwas Schweinisches nei mein Ohr.
Sei brutal, sag was Schmutziges, du Schlimmer!« –
Da secht er: »Bad, Flur und Gästezimmer.«

Der Ehekrüppel

Aufstehn!« Die Lisa muss laut schrei, dass es der Josef hört.

Der Josef könnert alles hör, aber er will net alles hör. »Ich wäß net, ich gläb, ich kann heut gar net richtig raus aus mein Bett.«

»Es iss scho siema! Zu, steh auf!« Die Lisa lässt net nach.

»Auaaa!« hört mer jetzt den Josef schrein. »Mei Kreuz! Mei Kreuz iss heut ganz schlimm!«

»Zu, jetzt stell dich net so an! Gestern abend hast du's doch beim Schaffkopf aa bis zehna ausghaltn.«

Die Lisa zieht jetzt die Zudeck weg und guckt ihrn Simulant an. ›Freilich‹, denkt sa, ›er iss scho sechzig vorbei, aber was häßt des heutzutag scho? Sechzig, des iss doch gar nix.‹

Die Lisa kommandiert: »So, jetzt steh auf! Mir trinkng Kaffee. – Heut hamm mir viel vor. Die Ärbet wart, und im Garten müss mer …«

»Im Garten?« unterbricht sa der Josef. »Im Garten kann ich heut nix mach, des mecht mei Kreuz net mit. Und ich wäß gar net, mei rechter Knöchel tut heut aa so weh. Und mei Hend, also, wie mei Hend weh tut, des wünsch ich fei kenn. Des muss Arthrose sei.«

Der Josef wälzt sich jetzt langsam und vorsichtig aus seiner Bettstatt. Net weil er einsieht, dass er aufsteh muss, sondern weil er dringend ämal muss. Beim langsam Auströpfeln stöhnt er: »Ja, ja, mer wird alt. Also, ich fühl mich jetzt früh scho ganz und gar freckt.«

Er schleppt sich ins Esszimmer. Kaffee und Zeitung sinn scho da.

Die Lisa secht: »Schneid dir dei Brot selber runter, und ich wäß aa net, ob du Wurscht oder Käs magst.«

Der Josef jammert: »Aber mit meiner Arthrose …«

»Des geht scho. Stell dich net so an.«

Der Josef schneid, der Josef setzt sich, er schenkt sich ei und kriegt sein Teil vom ›Tagblatt‹. Er überfliegt die Nachrichten, und sei Blick bleibt an die Gratulationa hänga. »Da gratuliern sa scho een, der wu erst fümfäsechzig Jahr alt iss. Und da, die iss achtäsechzig und wohnt fei scho im Altersheim.«

Die Lisa kennt die Fraa. »Ja, ja, des iss die Wagners Babett, die kann nix mehr gscheit laaf. Ja, ja, wenn mer ämal über sechzig iss, da gehn die Malästn an.«

Die Lisa liest grad die Todesanzeigen. »In Sand iss ein gewisser Huber gstorbm.«

»Wie alt?« will der Josef wiss.

»Vieräachtzig.«

»Der hast sei Läbm gelebt. Mit vieräachtzig kasta abtret.«

Die Lisa liest weiter: »Und da, in Prappach, der Rambacher – der Name kummt mir bekannt vor. Kennst du den?«

»Wie alt?«

»Siebzig.«

»Mensch, siebzig, und scho tot! Des iss fei noch ke Alter.«

Die Lisa iss erscht siemäfuchzich. Sie liest ganz gelassen weiter: »Und da, in Eltmann, Seitz – kennst du den?«

»Wie alt?«

»Zwääsechzig.«

»Was?« schreit der Josef. »Zwääechzich? Der is ja jünger wie ich! Ja, ja, die Einschläg kumma immer näher. Mir iss aa scho ganz schlecht.«

Der Kaffee iss getrunkng, die Zeitung iss gelesen, der Josef iss rasiert.

Die Lisa will die Tischwäsch zum Mangeln fahr. »Josef, trag mir ämal den Korb nein Auto.«

»Ich? Mit mein frecktn Kreuz? Willst du, dass ich än endgültigen Bandscheibenvorfall krieg? Höchstens zu zwätt könn mer des mach.« Der Josef trägt seine Hälfte mit der linkng Hend und stößt während des Transportes Stöhner und Ächzer aus.

Wie sa den Korb nein Auto wuchten, fällt der Lisa der Autoschlüssel aus ihrn Brusttäschla. Er liegt jetzt hintern Vorderreifm. In dem Moment, wo sa sich bück will, merkt sa, es geht net: Sie iss zu dick für ihr Größ. Und sie kniet sich hin und schent auf den Josef: »Früher hast du mir alles aufghobm, was mir runtergflochng iss.«

»Ja, früher, da hab ich ja mei Kreuz nu net ghabt und mein Knöchel und mein Blutdruck und mei Allergie. Gewöhn dich dran: Du hast än altn und schwerkrankng Moo.«

Der Lisa fällt jetzt noch ä Wunsch ei: »Josef, bis ich wiederkumm, könnerst du mir die restlicha paar Öpfeli ableer, die wo noch drom im Baam hänga. Nimmst die Leiter.«

»Ich? Ich kann doch in mein Alter ke Leiter mehr nauf! Da wird mer's schwindlich, und ich krieg Durchblutungsstörunga. Und außerdem iss die Leiter viel zu schwer.«

»Schwer? Die iss doch aus Aluminium.«

»Für mei Kreuz iss aa Aluminium zu schwer. Merk dir doch endlich ämal, dass ich schwerkrank bin.«

Die Lisa fährt die Wäsch fort zur Mangel, und sie mecht sich unterwegs bittera Vorwürf: ›Wenn mer gsund iss‹, denkt sa, ›hat mer leicht reden. Der Josef hat scheints ständig starke Schmerzen, und mit der Bandscheibm iss net zu spaßen.‹ Er iss jetzt dreiäsechzig, und er tut ihr leid. Wenn sa hemmkummt, will sa was Guts für na koch. Und vielleicht sollert er ämal auf ä Kur. Mit dreiäsechzig iss ä Kur nix mehr so gfährlich wecher die Weibergschichtn und so. Innerlich entschuldigt sa sich bei na.

Der Josef und die Lisa läbm net ällees auf dera Welt, es gibt Nachbern. Eena vo die Nachbarinna iss die Elli. Die Elli iss drall und prall, und mer wäß zwar, sie geht auf die Vierzig, mer wäß allerdings net, vo waffer Richtung. Die Elli hat fürn Josef scho immer ein verführerisches Lächeln ghabt. Der Josef hat aa scho öfters von die Elli geträumt. Träum derf mer zwar, aber es iss gfährlich, wenn mer — wie der Josef — träumt, ohne dass mer schläft.

Wie der Josef von seiner Haustür aus seiner Mangelware nachgewunkng hat, kummt ägrad die Elli aus ihrer Haustür raus: »Na, Josef«, zwitschert sa na an, in bester Vögelesmanier, »alles o.k.? Bista gsund?«

»Bei mir iss alles in Ordnung, ich fühl mich sauwohl und kerngsund, es könnt mer net besser geh.« Und mit einem erotischen Zwinkern von sein rechtn Aacherdeckel fügt er noch hinzu: »... und fei noch sehr aktiv, wenn du wäßt, wie ich des meen.« Des war fei scho sehr gewagt.

»Du, Josef«, secht die Elli, »ich muss ä paar Tag verreis. Tätst du mir — sei so gut — mein Koffer neis Auto? Der iss so arg schwer für mich.«

»Aber des iss doch eine Selbstverständlichkeit! Wo iss er denn?«

»Da, geh mal mit rei.« Der Josef wird nein Hausgang gführt. Der Hausgang iss schmal, die Elli iss nicht schmal, sie steht nebern Koffer. Der Josef muss sich — ob er will oder net — fest an die Elli ihr Oberfläche drück; der Tag geht heut scho gut an!

Der Josef lacht: »Des klenna Köfferla iss doch ä Klacks für mich!« Er schleppt na nausn Auto, und mit einem kühnen Schwung stemmt er na nein Kofferraum. »Hasta nuch een?«

»Nä«, strahl die Elli. »Dankschön, Josef.«

Die zwä stehn jetzt nebern PKW, und die Elli guckt noch ämal, ob sa alles hat. Da fliecht era ä Euro runter und rollt unters Auto. Die Elli bückt sich, aber sie kriegt na net.

So gern der Josef noch ä weng die gebückte, tief ausgeschnittene Elli von oben runter angeguckt hätt, so iss er jetzt doch ein Kavalier und secht: »Geh ämal weg.« Er springt frei weg nei einen Liegestütz, es langt aber net, er legt sich flach auf den kalten Asphalt, säut sich ei, schiebt sich halber unter den BMW und erwischt grad noch mit seiner arthrösen Hand die Münze.

Die Elli strahlt na an: »Mensch, Josef, du bist ja ein richtig starker Bodenturner.«

»Ja, gell? Da staunsta! Ä bissla elastisch bin ich scho noch, wenn du wäßt, wie ich des meen.«

Es Gschichtla wär jetzt eigentlich aus, wenn net in dem Moment ein klägliches, jämmerliches Miau erklungen wär. Der Elli ihr Katz höckt auf der Pergola und kummt nix mehr runter. Nauf kumma sa, die Frecker, aber runter net! Die Elli reckt ihr Arm verführerisch nach oben, aber der Josef sieht als Kavalier nur noch die Katz. Er sucht die Leiter; da drübm steht sa. Aus Aluminium war die Leiter leider net.

Der Josef schleppt die schwere Stehleiter mit Leichtigkeit und lächelnd wie ein Gewichtheber vom Schuppen zur Pergola und klettert so schnell und so schwindelfrei wie ein Aff naufzuus. Wie er die Katz pack will, kratzt sa na quer über sein Unterarm. Blut quillt langsam aus der Wunde, wie er die Katz zu Boden bringt.

Die Elli jammert: »Ach, Gott, jetzt hasta dir aa noch weh getan.«

Es Blut tröpfelt langsam auf sei neua beescha, aber scho dreckerta Hosn. Der Josef lacht: »Ach, des Scheißerla, des spür ich doch gar net. Da hab ich scho ganz annera blutiga Schlachtn gschlachng, wenn du wäßt, wie ich des meen.«

Wie die Lisa von der Mangel wiederkummt, liegt der Josef mit Rückenschmerzen blutüberströmt aufm Kanapee und stöhnt: »Da, jetzt hab ich scho mei Kreuz ruiniert, obwohl mir den blödn Korb bloß zu zwätt getrachng hamm, und mit dera Scheißallergie hab ich mich blutig gekratzt und die neu Hosn eigsäut. Es Besta iss, du holst än Dokter.«

Die Lisa denkt: ›Oje, jetzt wird er bald ä Pflegefall sinn. Tut der mir leid, mei guter Josef.‹

Ganz in Gedanken

Der Egon und sei Fraa, die zwä Altn,
wolln heut ämal einen erotischen Abend gestalten.
Er fällt über sa her, des iss ke Witz,
und er mecht Bewegunga, ähnlich wie Liegestütz.
Plötzlich schaltet sie um, vo heiß auf kühl,
und sie frecht mittn im Liebesspiel:
»Egon, ganz ehrlich, an wen denkst du jetzt hier im Bett?« –
Der Egon lächelt: »Aa wenn ich dir's sag – die kennst
du net.«

Der elegante Frack

Hochbetrieb in der Friedhofsanlag,
zwä Bestattunga an een Nachmittag.
Än Herrn Generaldirektor sei Aussegnung iss grad vorbei,
bald schiebm sa den arma Kasper in die Kirch nei.
Die Särg sinn offen, än Kasper sei Witwe steht näbmdran:
»Ach«, heult sa, »hat der Direktor än schöna Smoking an.
So äwas hat mei armer Kasper nie besessn.
Herr Bestatter, sachng Sa mal: Iss des sehr vermessn,
könnert mer net für die Aussegnerei
dem Direktor sei Jackett ämal leih?
Der Herr Direktor wird doch jetzt bloß noch begrabm.
Mei Kasper soll eemal schö aussah in sein Labm.« –
Der Bestatter erbarmt sich: »Na ja, na mach ich's halt.«

Der Kasper sieht in sein neua Frack aus wie ein
                                        Staatsanwalt.
Die Witwe strahlt: »Dankschö, dass Sie des gemacht
                                        hamm.«
Sie heult: »Dass Sie ner die Ärbet fertiggebracht hamm.
Vergelt's Gott!« Vor Dankbarkeit iss sa ganz berauscht. –
»Wieso Ärbet? Ich hab doch ner bloß die Köpf
                                        ausgetauscht.«

Therapie

»Herr Dokter, sachng Sa ganz ehrlich, was mein Otto fehlt.
Sie hamm na doch untersucht, Sie wissen doch, was na
quält.
Wie kann mer na helf, was soll ich na geb?
Wird er wieder gsund? Wie soll er leb?« –
»Ganz eefach, guta Fraa: Er soll ausschlaff, so lang's geht.
Dann gecher zehna es Frühstück ans Bett.
Mittags was Guts, vom Rind oder vom Schwein.
Und abends ausgiebig Sex und ä Fläschla Wein.
Wenn Sie des alles ihrn Moo täglich gebm,
kann der locker noch hunnert Jahre lebm.« –
»Was hab ich denn? Was hat der Dokter gsacht?«
frecht der Otto ganz bang. –
»Der Herr Dokter hat gsacht, du lebst nix mehr lang.«

Mit was?

Oh Jammertal, oh schwere Not,
in dem Haus, *da raucht der Schlot.*
Die Fraa hört mer bis naus die Straß:
»Unner Ehe, die kannsta vergass!
Mit uns iss aus, du Bigamist,
weil du fremdgegangen bist!
Mit dera Schlampm, mit dem Luder!
Jetzt lernsta mich ämal kenna, Bruder!
Mit wem du's getriebm hast, des iss klar wie Glas.
Jetzt möchert ich bloß noch wiss: mit was?«

Frühstückseier

Der Klaus und der Kunner machng ä Omnibusreise. Sie wolln ämal des ehemalige Jugoslawien kennalern. Sie hamm's beschlossn und hamm sich angemeldt: *Eine Woche Montenegro zum Schnäppchenpreis für Frühbucher.*

Der Omnibus iss voll. Früh um viera iss es losganga. Jetzt iss es scho halber zwölfa Mittag, und der Fahrer lässt im Omnibus die Kastelruther Spatzen sing. Zwä Drittel Damen sinn im Bus. Vorm Kunner hockt eine gewisse Frau Nachtigall – so hat sa sich wenigstens vorgstellt –, und näber ihr, also vorm Klaus, hockt ihr – na ja, ihr ›Moo‹ kann mer grad net sag – sag mer halt: ihr Möla, der Nachtigallenhahn.

Hinter die zwä Abenteuerer, Klaus und Kunner, höckng zwä Weiber, ä weng zu dick, ä weng zu schwitzig und ä weng ganz älles, stellt sich raus. Die ee häßt Maria, und die anner secht Musch zu sa, die anner häßt Elisabeth, und die ee secht Lissy zu sa. Die zwä Schrapnelln wärn net abgeneigt, aber der Klaus und der Kunner sinn nicht zugeneigt. Sie hamm scho, sie hamm sa derhemm gelassn. Sie wolln net noch ämal. Eemal langt.

Die Schnäppchen-Frühbucher, die wo nix zu essen derbei hamm, kriegen langsam Hunger, weil's nach gschmierta groba Leberwurschtbröter von die Selbstversorger riecht. Bier gibt's vorn im Bus an der Hausbar. Jetzt wird ein Stopp am Waldrand eingelegt, und der Fahrer mecht ›Fünf-Minuten-Terrinen‹ häß. Er versteht sei Nebeneinkünfte ganz gut, und die Montenegrofahrer wern für drei Euro pro Terrine abgfüttert, notdürftig. Die Notdürfte kumma natürlich auch zum Zug. Frauen hüben, Männer drüben Sie treten nein nassn Gras, nei die Farnkräuter, nei die Moospolster, nei die … Scheiße, fast ausgerutscht! Da war wahrscheints vor kurzem aa scho ämal ä Omnibus da. Mecht nix, Schuh im Moos abgeputzt. Ä Zigarettla noch und wieder nein Bus und weiter.

Im sonnigen Montenegro rechert's in Strömen. Rasch nein Hotel. Der Busfahrer schreit seiner Fahrgäste noch nach: »In zehn Minuten wird fei gessn, gell?«

Es gibt ä montenegrinische Spezialität: Schnitzel mit Pommes, ä dünna Suppm vorher, än Apfel nachher. Das Drei-Gänge-Menü iss rum, jetzt kann der Urlaub angeh.

Die Bedienung ist zwar tief ausgschnittn, aber sie kann trotzdem ner bloß wenig deutsch. Fränkisch kann sa scho gar net. Von än Silvaner hat sa noch nie was ghört, und sie wäß aa net, was ä Schnitt iss. Des Wort Euro versteht sa sofort, und blinzel kann sa aa. Mitn Klaus und mit dem Kunner zwinkert sa mit die Aachng, aber die zwä hamm kenn Bock. Aus dem Alter sinn sa draußn. Naja, sie muss aa seh, wo sa bleibt, und mit die Frauen braucht sa des Blinzeln gar net anzufanga.

Am nächsten Tag könnert mer schon na'n Strand, die Sonne scheint, aber der Klaus iss wasserscheu. Er guckt sich ner bloß ä weng die Bikini an. Und der Kunner, dem fällt, wie er die Stringtanga sieht, sei Seitenstrangangina wieder ei, die muss erst auskuriert wer.

Sie laffm durch die Ortschaft. Ä Kirch – kann mer nei, muss mer aber net. Ä Wirtshaus – muss mer net nei, kann mer aber. Ä Burg – »die sieht von unten sicher besser aus, als wie wenn mir naufsteigerten«, secht der Klaus.

Am Ortsrand wird's ländlich. »Sogar Bulldög hamm sa«, stellt der Kunner fest.

Und der Klaus secht: »Die Kartöffel stehn gut da.«

Da kummt es Bäuerla ausm Haus und frecht: »Amerikanski?«

»No«, stottert der Klaus, »mir sinn vo Haßfert.«

Des Bäuerla versteht ner bloß Bahnhof.

Der Klaus probiert's jetzt anders: »Bamberg, Zeil ...«

»Aaah, Germanski? Neckermannski?«

»Nä, vo Frankng!«

Jetzt strahlt der Moo aus Montenegro und zählt sei deutscha Wörter auf, die wo er kennt: »Aaaaah, Bayern München, Adidas, Mercedes, Siemens, Doktor Oetker, Aspirin, Viagra, Renooo, Tschoortsch Busch …«

Dann wern sa gastfreundlich neis Haus gewunken, der Klaus und der Kunner, sie solln sich des Haus von inna anguck. Drinna lässt des Bäuerla die Kinnerli antret, und die Fraa stellt sich aa derzu. Der Kunner knipst die Fraa, und sie lacht derbei mit ihrer letzta paar Zähn. Der Klaus hat noch ä halbs Täfela Schokolad, jeds Kind kriegt ä Rippla.

Jetzt hat der Bauer ä Problem: Ä Montenegriner lässt sich nix schenk, wenn er net was zurückschenk kann. ›Was schenk ich denn dena zwä deutscha Herrn?‹ denkt er sich auf montenegrinisch. Bluma? Nä! Schnaps? Nä! Knoblauchwurscht? Nä Sei eigena Fraa? Nä, die wäß aa kenn Rat. Auf eemal hat er eine Idee.

Er rennt naus nein Hof und kummt mit einer weißen Henna wieder, mit än rotn Kamm. »Für du!« schreit er und drückt dem Klaus des arma Tierla nei die Hend.

»Nix gut«, wehrt der Klaus ab.

Da kriegt sa der Kunner untern Arm gezwickt: »Dann für du!« Der Bauer schent jetzt, und die Henna gackert.

Da kriegt der Klaus Angst, denn er sieht, dass der Bauer einen Dolch umhänga hat.

»Mir derfm na net beleidig, Kunner, sonst wird er bös. Nehm die Henna!« ruft er dem Kunner zu.

»Nehm doch du sa! Du hast doch angfangt mit deiner blödn Schoklad.«

Es geht hin und her, aber sie müssen des Federviech nehm. Immerhin gibt's hier fei noch die Blutrache.

Der Klaus und der Kunner laffm aufs Hotel zu. Die Henna wird jetzt scho mucksert, und sie muss gstreichelt wer'.

Der Klaus secht: »Guck doch ämal, wie sa lächelt. Wie woll mer sa denn nenn?«

»Na ja, wenn sa scho lächelt, dann nenn mer sa Mona Lisa.«

Die Mona Lisa bedankt sich für die Namensgebung mit einem »Gaaaaa-gagagagack«.

Der Klaus hat die Henna unterm Arm.

»So kumma mir an dem Portier net vorbei«, befürchtet jetzt der Kunner. »Geb mir sa, ich hab ä weita Jackng, da steck mer sa drunter.«

Die Mona Lisa passt gut unter die Jackng, aber sie kriegt, wie alla Weiber, Angst im Dunkeln und fängt an zu gackern.

»Was mach mer denn jetzt?«

»Mir singa laut, na hört mer's net.« Sie entscheiden sich für das alte fränkische Volkslied ›Über den Wolken muss die Freiheit wohl grenzenlos sein …‹ Der Kunner stimmt an, und der Klaus fällt mit der zweiten Stimm ei.

Der Busfahrer höckt in der Lobby an der Theke, schüttelt sein Kopf und denkt: ›Kaum sinn die Schoppm billig, scho saufm sa sich zamm. Typisch deutsch.‹

Laut gröhlend kumma die zwä in ihrn Doppelzimmer an. Die Mona Lisa kummt frei und flattert aufm Fernseher und dann aufm Kunner sein Nachtkästla.

Der Kunner schreit: »Pfui!« Da scheißt sa auf des blöda Nachtkästla, sieht die offene Badtür und flattert da nei. Sie hockt jetzt aufm Klodeckel, und der Kunner schmeißt die Tür zu.

»Ich muss ämal«, stellt der Klaus sachlich fest.

»Des geht jetzt net«, fährt na der Kunner an, »da höckt jetzt die blöd Henna drauf.« Er putzt sei Nachtkästla wieder sauber von dem Angstschiss der Mona Lisa. »Kannsta net wart bis zum Abendessen?«

»Nä.« Der Klaus schleicht sich mit zammgezwickta Bee vorsichtig neis Bad, die Mona Lisa iss weg. Wie er, um Erleichterung ringend, auf dera hölzerna Klobrilln hockt, guckt die Mona Lisa unterm Duschvorhang raus. Sie will seh, wer da so stöhnt.

Wie der Klaus abzieht, erschrickt des arma Huhn und flattert wieder auf. Sie lässt sich jetzt auf der Ablag übern Guss nieder und schmeißt dem Kunner sei teuers Parfüm nunter. Des war jetzt ›ihr Platz‹. Es Parfüm zerschellt im Waschbecker. Die Musch und die Lissy wern die Nasn naufziehn, wenn der Kunner beim Abendessen nix mehr so gut riecht. Die zwä Männer sinn nämlich mit dena zwä Schwadronösen an een Tisch eingeteilt worn.

Nachng Abendessen und nach die Schoppm kumma die zwä Männer zurück nei ihrn Zimmer. Der Kunner hat vorhin vergessen, die Badtür zuzumachng. Die Henna höckt im Klaus sein Bett zwischer Kissen und Zudeck. Sie wird ins Bad gejagt, und die zwä Männer füttern mit vom Abendessen eigsteckta Brotbröseli und Wurschtschnippeli ihr Findelkind.

»Gott sei Dank, sie hat net auf mei Kissn gschissn«, freut sich der Klaus und lässt sich weinselig nei sein Pfuhl sink. Ä weng muss er sich noch hin und her welcher, bis er bequem liegt, dann schnarcht er.

Wie er aufwacht, merkt er, dass die Henna scho gestern abend ihr Frühstücksei gelegt hat, und zwar mittn nei sein Bett, und er hat's brätgedätscht. So eine Sauerei! Dass die Zimmermädli nix merkng vo dera gelbm Pfütschn, machng sa ab jetzt ihr Betten selber.

So, die Urlaubswochng iss rum, morchng geht's wieder hemmzuus. Die merschtn höckng scho im Bus. Als letzta steigen der Klaus und der Kunner ei. Der Kunner trägt vorsichtig ä großa Hutschachtel, und der Klaus hat än Eierkarton untern Arm gezwickt.

Die zwä frecha Schicksn lachng: »Gell, ihr wollt unterwegs fest Eier ess, dass ihr derhemm wieder bei Kräften seid? Und än neua Hut für die Fraa hat er aa gekäfft. Alln Respekt!«

Der Busfahrer frecht: »Habt ihr« (nach ä Wochng sinn sa alla per du) »habt ihr aa euer Zimmerschlüssel abgäbm?«

Als Antwort hört mer plötzlich ein lautes »Gaaaaaagack-gack-gack-gack« aus der Hutschachtel raus.

Der Kunner klärt die Leut im Bus, die wo's ghört hamm, auf: »Des war der Klaus, der kann prima Tierstimma nachmach.«

Zur Bestätigung mecht der Klaus laut »Kikerikiiiiie!«

Die Gefahr iss vorbei, ä Zeitlang iss Ruh, aber die Mona Lisa hat ihrn Sauerstoff aufgebraucht, und Hunger hat sa aa. Der Kunner mecht mit sein Taschenmesser Löcher nei die Schachtel.

Die Lissy sieht des: »Mach doch die schö Hutschachtel net freckt.«

»Ach, so ä alta Schachtel kann mer ruhig ämal ä weng löcher«, erklärt er den empörten alten Schachteln im Bus um na rum, und der Klaus bröselt heimlich ä Weckla vom Frühstücksbüfett nei die Schachtel.

Die Henna hat jetzt Luft und Futter, jetzt kann sa ihr Frühstücksei leg. Jeder wäß, was ä Henna mecht, wenn ihr Ei gelegt iss. Wie der Klaus sich grad sei Frühstücksbier holt vorn beim Fahrer, hört mer aus der Schachtel raus – jetzt natürlich lauter wecher die Löcher: »Gagagagagaga … gäääääääh!«

»Des war aber jetzt net dei Kamerad. Da iss ä Hua drin in dera Schachtel!« schreit die Musch.

Die Mona Lisa hat jetzt genug von ihrer Gfangaschaft. Sie drückt mit ihrer Hühnerbrust den Deckel auf und flattert los. Lacherei, Angstgeschrei, Pfuigeschrei und »Oh, wie süß!« Alles schreit durchänanner.

Der Bus hält. »Wo iss die Hua her?« frecht der Fahrer.

»Des iss meina«, der Klaus wird rot, »die hab ich gschenkt kriegt.«

Die Henna höckt jetzt auf der dickng Lissy ihrn Schoß und pickt era nei ihrn Top, wo so klenna Kügeli aufgenäht sinn. Ä schöns Tierla, jeden gfällt sa.

Aber der Busfahrer kennt kein Pardon: »Tu sa sofort wieder nein Karton! Die scheißt mir sonst mein schöna Bus voll.«

Damit bei der Grenzkontrolle nix passiert, wird die Mona Lisa neis Busklo gsperrt, und anschließend wird sa vergessn. So lang, bis die Musch muss. Ahnungslos mecht sa die Busklotür auf und stößt einen gellenden Schrei aus. Die Henna flattert era neis Gsicht, sie will raus aus dem Gschtank. Aufm Kloboden rollt ein frisches Hühnerei hin und her.

Die Mona Lisa höckt jetzt auf dem Nachtigallerich sein schmächtigen Köpfla und guckt ihr Nebenbuhlerin, die Nachtigallera, herausfordernd an. Gott sei Dank legt sa jetzt net scho wieder ä Ei, des wär sonst an den Moo seiner Nasn vorbei nei sein offena Hemdenkragen gflochng und weit nuntergepollert nei die Unterwäsch ämend noch. Die Henna legt jetzt einen sauberen Interkontinentalflug hin und landet im Cockpit.

»Super!« kichert die Lissy.

Der Fahrer habt nach die Hua, aber er trifft sa net. Zur Straf kummt sa jetzt wieder nein Klo, und der Fahrer secht: »Da bleibt sa jetzt drin bis nach Haßfurt, und dann kriegt sa eener vo euch mit hemm.«

»Ich kann sa net brauch!« schreit der Klaus. »Ich hab ä Drei-Zimmer-Wohnung im zwättn Stock.«

»Und ich aa net«, hört mer den Kunner, »mei Fraa hat ä Allergie gecher Hühnerfedern.«

Und die Nachtigalln schrein: »Und mir sinn Vegetarier.«

Kenner will die Mona Lisa, aber alla möchng sa und finna sa putzig mit ihra weißa Federn und ihrn rotn Kamm.

Wie wieder ämal ä Stopp iss und die Leut essn und pießn im Wald, da nimmt der Fahrer heimlich die Mona Lisa, trägt sa über ä Wiesn und lässt sa lauf in der Näh von einem Bauernhof. Er denkt: ›Die find scho Gsellschaft bei ihresgleichen.‹

Die Mona Lisa wird schwer vermisst. Jetzt, wo die Leut wieder aufs Klo könna sachng sa: »Schad, dass sa fort iss. Mir hättn sa doch gern genumma, die arm Henna.« Jaaa, jetzt – jetzt, wo's zu spät iss.

Schnelle Frauen

Frauen sinn schnell, des wäß doch ä jeder.
Während *er* noch die Kartn mischt, hat *sie* scho den
                                                    Schwarzn Peter.
Während *mir Männer* uns noch abkühln, schwimma *sie*
                                                    scho wie die Entn.
Während *mir Männer* noch schaffm, hamm *sie* scho ihr
                                                    Rentn.
Ich kenn noch so än Fall, der wo aa damit was zu tun hat:
Während *er* noch im siebtn Himmel iss, iss *sie* scho im
                                                    achtn Monat.

Im Kindsbett

Ä Frauenklub wollt sich beim Herrgott beschwer:
»Wecher die Schmerzn solln ämal die Männer die Kinner
                                        gebär!«
Der Herr lehnt ab, aber er hat was annersch vorgschlachng:
»Die Frauen kriegen die Kinner, die Männer müssen die
                        Schmerzen ertragen.«

Die Schneidera iss die nächst, die wu ä Kind erwart.
Frauen stehn ums Wochenbett rum, ob sa Schmerzn hat.
Sie hat kenna, aber der Schneider, ihr Moo,
der hat aa kenna, er bügelt und pfeift ä Liedla ganz froh.
Wie die Frauen grad den Schneider inspiziern, den
                                        schmerzfrein,
kummt es Schneiderstöchterla gerennt, und mer hört sa
                                        schrein:
»Papa, Papa, hol den Dokter, bitte, ganz schnell!
Er wälzt sich im Bett rum und brüllt vor Schmerzn, der
                                        Gsell!«

Jetzt erkenna die Frauen:
Die Regelung iss verräterisch, des iss es Schlechsta.
Und ängstlich guckng sa änanner an: Wer iss die nächsta?
Da hat der Frauenklub schließlich wieder getagt und
                                        debattiert
und dann än zwättn Brief an den Himmelsherrn adressiert:
»Lieber Gott«, hamm sa gschriebm, »mir wolln dir heut
                                        sagen:
Mach alles rückgängig. Mir wolln lieber selber wieder die
                        Schmerzen ertragen.«

Ein guter Kunde

Ein Radau iss in dem Wirtshaus, dei eichngs Wort
                                        verstehst kaum.
Bloß ee Moo, mitn Kopf aufm Tisch, er schläft und lächelt
                                        im Traum.
»Mensch, Wirt, schmeiß doch den Kerl naus, der soll
                                        hemm nei sein Bett!
Der hat doch än Rausch! Gell, des sichst du net?« –
»Jo, jo«, secht der Wirt, »des seh ich scho aa.
Wie er kumma iss, hat er gsacht, er hätt Ärger mit seiner
                                        Fraa.
Aber ich schmeiß na net naus«, secht der Wirt, und dann
                                        strahlt er:
»Ich bin doch net blöd. Jeds Mal, wenn er aufwacht,
                                        bezahlt er.«

Das Kochrezept

Der Fritz iss mordstrumm stolz auf sei Fraa.
Sie iss ein Klasseweib, und gut koch kann sa aa.
Aber ich denk, dass mir des jetzt kenner gläbt.
Sie verrät grad einer annern ihr Geheimrezept.
»Also, schreib auf, des iss der Spezialpfannekuchng vo
                                        meiner Mutter:
ein Drittel Mehl, ein Drittel Eier, ein Drittel Milch und
                                        ein Drittel Butter.« –
»Aber des iss doch zuviel: vier Drittel«, protestiert da die
                                        anner. –
»Des geht scho. Da nimmst halt eefach ä größera Pfanna.«

Ich hab nix anzuziehn!

Die Thea hat gsacht: »Mir fahrn morgen früh ämal nach Schweinfurt.«

»O.K.«, hat der Siegfried sich schon gfreut, »nach Schweinfurt. Warum net? Da guck mer ä weng die Schaufenster an, und dann gehn mir nei än Weinstübla und trinkn än gutn Schoppm ...«

»Nix ›Schoppm‹! Ich muss was einkäff, ich hab nix mehr Gscheits zum Anziehn.«

»Aber du hast doch zwä Schränk voll wunderschöner Kleider und Hosen und Röck und Pullover und Kittel ...«

»Alles altmodische!«

»Wär's net besser, wenn du ällees nach Schweinfurt fahrerst?«

»Nä, du gehst mit! Mir fahrn morgen gemeinsam nach Schweinfurt!«

»Aber mir sinn doch ständig gemeinsam zu zwätt beiänanner. Seit ich Rentner bin ...«

»Von wegen! Dauernd bista in deiner Werkstatt, und wenn du net in deiner Werkstatt bist, dann bista an dein blödn Computer, und wenn du net an dein blödn Computer bist, dann bista in der Stadt und guckst die fremda Weiber an. Nein! Morgen fahrn mir nach Schweinfurt, ich und du, und zwar zu zwätt!«

Grad fahrn sa zu Schweinfurt nei. Es iss Januar und eiskalt auf der Straß. Sie hamm alla zwä ihr wärmsta, dick gfütterta Winter-Wander-Dauen-Anoräk an und natürlich langa Unterhosen. Im Kaufhaus iss es ziemlich warm. Wie sa in der Damen-Winterjacken-Sonderangebot Abteilung ankumma, springt ä flotta Verkäuferin auf die Thea zu und frecht, ob sa äwas helf kann.

»Nä«, secht die Thea, »mir wolln uns bloß ämal ä weng umguck.«

Nach ä Viertelstund iss es dem Siegfried viel zu warm. Der Schweiß bricht na aus allen Poren, er zieht sein Anorak aus.

Wenn mer die Jackng übern Arm hat, merkt mer erst, was die wiegt. Der Siegfried tappelt folgsam hinter der Thea her, die von Ständer zu Ständer huscht, die Modelle in ihrer Größ eens nachng annern rausholt, prüfend anguckt, den Sonderpreis mit dem Normalpreis vergleicht und ausrechngt, wieviel mer spar kann, und wieder irgendwo hinhängt.

Es stehn zwä Sessel da für müde Ehemänner. Auf een höckt scho eener. ›Der iss mindestens zwanzig Jahr älter als wie ich‹, denkt der Siegfried. Wenn er des Pech haben sollte, in zwanzig Jahr immer noch beim Damen-Winter-Jacken-Sonderaktion-Verkauf dabei sein zu müssen, dann will er sich aa setz – des nimmt er sich fest vor. Jetzt iss er aber noch ein Sportler.

»Siegfried, geh mal her! Ich will jetzt ämal es Probiern anfang. Halt ämal mein Kittel.«

Aufm Siegfried sein Arm liechng jetzt schon zwä schwera Winterjackng, und hinten, unter sein Gürtel, ungefähr zehn Zentimeter übern Katalysator, entspringt ein kleines Schweißrinnsal.

Andächtig verfolgt jetzt der Siegfried, wie sei Thea ee Jackng nach der annern probiert.

»Nä, *die* Farb mecht mich zu blass, die steht mir net.«

Der Siegfried guck auf den viel zu teuern Preiszettel und nickt: »Stimmt, *die* Farb iss nix.«

Die nächst Jackng kummt dran. »Die gingert, die sicht net schlecht aus – aber nä, über die Hüftn mecht die mich zu dick.«

Der Siegfried guckt auf den sehr günstigen Preis und widerspricht: »Wieso denn? Die muss doch ä weng tailliert anliech, des iss heut Mode. Die Jackng mecht dich schlanker.«

»Du spinnst! Guck doch ämal, wie sich da mei Muskeln abzeichna. Guck ämal nach, ob's die Jackng net aa in der nächst größera Größ gibt.«

Der Siegfried, die zwä schwera Jackng übern Arm, blättert die eng hängenden Jacken alla durch, während die Thea schon am nächsten Ständer rumsucht.

»Da iss sa!« Der Siegfried hat eena in Größe 44 gfunna.

»Behalt sa ämal bei dir, die kummt in die engere Wahl, und die da aa. des iss mei Farb.«

Der Siegfried muss noch zwä Jackng aufm Arm nehm. Er hat jetzt vier Jackng übern Arm, und hinten unten läfft ä klenns Bächla nunterzuus. Langsam kriegt er ä weng Hunger, sei Kreuz tut na weh, sei eener Schuhbendel iss aufganga, und außerdem muss er pieß. ›Na ja‹, secht er sich, ›es kann ja nix mehr lang dauer.‹

Da schallt ein Schrei von seiner Thea laut rüber zu ihm: »Siegfried! Wo bista denn? Du musst scho bei mir bleib! Was sechst du denn jetzt zu dera Jackng?«

Der Siegfried hat ke Lust mehr, die Jackng sinn ihm egal, er will die Prozedur abkürz, und desweger schwärmt er seiner Fraa was vor: »Super! Des issa! Die Jackng nimmsta, die steht dir Klasse. — So, mir gehn an die Kassa!«

Hasta gedacht, schö wär's gewesen! Aber des iss ein Irrtum. Er kriegt die letzta Jackng aa noch aufghängt.

»Nämm sa, die kummt aa noch in die engere Wahl. Und nämm aa mei Handtasch, aber pass auf, da iss fei aa mei ganz Geld drin und die Kreditkartn.«

Die Tasch hat, wie alla Damenhandtaschn, ein stolzes Gewicht. Ä schwerer Geldbeutel mit mindestens dreißig Ein-, Zwei- und Fünf-Cent-Stückli iss drin, ä Bürschtn, Hautcreme, ä Spiegel, ä Abholschein von der Reinigung, ä Gsangbuch, Kreislauftropfen, ä Schlüsselbund, ä Apfel und ä halber gessener Schokoriegel.

Jetzt entdeckt die Thea än Ständer mit neuer Frühjahrsware. Sie vergisst die bisherigen Sonderposten-Ständer und geht fremd und blättert auf eemal luftiga, hella, sommerfarbiga, dünna Shirtli durch – jetzt, im kalten Januar.

Da raunzt der Siegfried auf eemal: »Ich denk, mir suchng Winterjackng zum Sonderpreis?« Des hätt er net sag soll.

»Gell, des iss dei ganze Liebe zu mir, dass du net ämal zehn Minuten mit mir aushalt kannst, bis ich endlich äwas zum Anziehn hab? Meenst du vielleicht, des mecht mir Spaß da hinna? Und was mach *ich* net alles für dich? Wasch dir dei Unterhosn, putz dir dei Abortschüssel und koch dir dei Essn. Und *das* iss der Dank?«

Des iss dem Siegfried jetzt peinlich, und er lenkt rasch ein: »Da hintn hab ich ä tolla Jackng gsehn.«

»Wo?«

»Na, da hintn, die rota mit dem blaua Pelzla obenrum.«

»Die muss ich probier! Geh mit, Siegfried!« Die Wut iss verraucht und vergessen, wenn sa ner eikäff kann, dann geht's era gut.

Sie renna zu dem neua Ständer – sie leichtfüßig, er niedergedrückt durch fümf Jacken und eine schwer beladne Handtasch. Sie kumma grad derzu, wie ä annera Kundin die Jackng nimmt. Es war die eenzich in ihrer Art.

»Des iss meina!« schreit die Thea.

»Wieso? *Ich* hab sa doch grad genumma, also ghört sa mir. Wer zuerst kommt, mahlt zuerst.«

»Aber mei Moo hat sa zuerst gsehn!«

»Gsehn, gsehn – *ich* hab sa jetzt, und so iss es meina.«

Der Siegfried will den Streit schlicht. Er secht: »So schö iss doch die Jackng gar net.«

Aber die Thea iss jetzt in Rage. »Was«, schreit sa, »net schö? Des iss die best Jackng, die wo da iss!«

Jetzt kommt die Verkäuferin: »Sie wolln die Jackng?

Des iss leider die letzte gewesen vo dena bunta. Hättn Sie die denn wirklich aa gewollt?«

Da jammert die Thea: »Na, freilich! Vielleicht iss noch eena in einer anderen Filiale – in Bamberg oder in Nürnberg?« Der Thea ihr Lust, ihr Begierde auf die Jacke iss jetzt grenzenlos. Alles tät sa geb für die Jackng. Aber des wäß mer ja, am schärfsten iss mer auf des, des wu mer net krieg kann, es iss wie bei die Mädli aa, wenn mer ä junger Bursch iss.

»In einer anderen Filiale?«

Da kummt, wie auf ein Stichwort im Theater, ä annera Verkäuferin: »Ich gläb, ich hab vorhin im Lager zufällig noch ämal die gleiche Jackng gsehn.«

»Waaaas?«

»Ich guck gleich ämal nach, vielleicht hamm mir Glück.«

Die Thea schickt ein glühend heißes Stoßgebet zum heiligen Antonius, dem Patron der Sucher und Finder.

Und tatsächlich kommt die Verkäuferin wieder zurück mit der Jackng – und sogar aa noch zufällig in der richtigen Größ. »Des iss jetzt aber wirklich unner allerletzta«, secht sa.

Die Thea probiert. Sie sieht zwar ä weng ordinär aus wie ein bunter Papagei, aber sie nimmt die Jackng – net dass wieder so ä Hepper daherkummt und ihr des allerletzte Exemplar vor der Nasn wegschnappt. Der Siegfried bezahlt, und die Thea trägt stolz ihr paradiesvogelbunta Jackng zum Auto.

»Sichstes?« secht die ee Verkäuferin zu die anner. »Auf die Art und Weis verkäff mer bestimmt die annern dreißig Stück vo dena schrecklicha bunta Vögel aa noch. Es wär ä Fehler gewesn, wenn mer sa gleich alla auf eemal nein Ladn ghängt hättn.«

Langweiliger Abend

Immer bloß Fernsehn, des mecht auf die Dauer kenn Spaß.
»Fraa«, secht der Moo, »heut abends spiel mer ämal was.
Wie wär's mit Halma, mit Zwickmühl oder mit
                                    Quartett?« –
»Nä«, secht die Fraa, »des gfällt mer alles net.«
Dann wird sa romantisch, und mit heißem Gfühl
flüstert sa nei sein Ohr: »Vielleicht ä frechs Pfänderspiel?«
Er secht: »Dafür sinn mir zu wenig, zu dritt iss mir des
                                    lieber.
Wäßt was? Ich hol schnell die Nachbera rüber.«
Und es sinn ganz frecha Spiele gspielt worn, bis in die
                                    Früh.
Sie hamm fei alla drei nix anghabt –
kenn Fernseh, ke Video und ke DVD.

Ungschminkt

Die Ehefrau mecht es Fenster auf, um die Sonne zu
                                    genießen.
Aa an die annern Häuser wern jetzt früh die Fenster
                                    aufgerissn.
Sie steht noch im Neglischee, und sie iss ungekämmt.
Sie iss aa nu net gschpachtlt, net angemalt und net
                                    gecremt.
Der Ehemann bettelt: »Geh vom Fenster weg, bitte,
                                    Elisabeth.
Net dass die Leut denkng, dass ich dich bloß wecher
                                    dein Geld gheiert hätt!«

Mein Beileid

Die Karin kummt mit einer knifflichng Ärbet: »Mir
müssn unbedingt noch die Trauerkartn schreib, Alfred!«

»Gell, du hast noch net gschriebm?«

»Wieso ich? Du häst doch aa dran denk könn. Gestern
war fei scho die Beerdigung, also schreib jetzt endlich!«

Weil der Alfred aber net so schön schreib kann, bettelt
er die Karin an: »Bitte, schreib du, du hast ä schönera
Schrift.«

»Als ob's bei Trauerkartn auf die Schrift ankummert!
Die Kartn kummt sowieso zu spät.«

Der Alfred wäß des besser: »Die spätn Karten sinn gar
net so schlecht. Gläb mer's, gelesn wern die erstn und die
letztn Kartn. Der groß Haufm Zuschriftn am Beerdi-
gungstag wird bloß flüchtig durchgeguckt, und die schön
formulierten Trostworte wern gar net aufgenumma. Bloß
des beigelegta Geld, des werd rausgenumma.«

Die Karin iss bereit. Sie hat än Kuli in der Hend, der
net blau, sondern schwarz schreibt, wecher der Trauer.
»Also, was schreib mer denn der Anna? Mir müssen auf
jeden Fall mit Pietät und Abstand ran geh an die Sache.
Was hältst du *davon Zu dem innigstgeliebten Verlust des
lieben Verblichenen ...*«

»Nä, des geht net. Än Verlust kann mer doch net innig
lieben. Wer wäß, ob sa ihrn Verlust überhaupt geliebt
hat.« Jetzt mecht der Alfred än Vorschlag: »Pass auf, mir
schreibm: *Tief erschüttert stellten wir gestern fest ...*«

»Du spinnst! ›Tief erschüttert‹ – das gläbt uns doch ke
Mensch. Mir und tief erschüttert.«

»Na gut, dann schreib mer halt: *Fassungslos ...*«

»Nä, ›fassungslos‹ iss blöd, des gfällt mer net. – Wäßt

was? Mir schreibm: *Leider Gottes ist dein* – sinn mir jetzt eigentlich per du mit dena Leut oder per Sie?«

»Ich scho, ich sag du, aber du Sie. Statt ›leider Gottes‹ könnertn mir aa schreib: *Gott dem Herrn hat es gefallen …*«

Die Karin schüttelt ihrn Kopf: »Gläbst du des, dass des Gott gefallen hat? Du gläbst ämend aa noch, dass der Gustav, der Frecker, nein Himmel kummt!«

»Des iss mir wurscht, wo der hinkummt, aber Himmel iss gut. Zu, mir schreibm: *Wie der Blitz aus heiterem Himmel …*«

»Des geht doch aa net! Erstens iss es jetzt Winter, da gibt's kenn Blitz, und des Wort ›heiter‹ hat auf einer Trauerkarten nix zu suchen. Mir schreibm ganz annersch: *Endlich ist Ihr teurer Gemahl …*«

»Unmöglich«, schreit der Alfred, »›endlich‹ iss unmöglich! Und ›teurer Gemahl‹ geht aa net.«

»Wieso? Der Gustav war doch zwä Jahr lang krank, also passt ›endlich‹, und er hat teura Medikamente gekost, also passt aa ›teuer‹.«

»Da kannst du recht hab. Der arm Gustav, zwä Jahr lang war er leidend und iss net ausn Haus kumma.«

»Mir hat er leid getan, er hat ner bloß noch ä weng zum Fenster nausguck könn.«

»Du, Karin, könnert mer net schreib: *Liebe Anna, es tut uns zwar so leid, aber nun ist dein Mann weg vom Fenster …*«

»Nä, des geht net, des secht mer doch net, wenn eener frisch gstorbm iss.«

»Wäßt noch, wie der Gustav, wie er noch gsund war, immer im Haushalt gholfm hat? Und alla Samstag hat er sei Straß gekehrt … – Aber jetzt hab ich den richtigen Text. Mir schreibm: *Liebe Anna, es ist zwar sehr bitter, aber der Gustav kehrt nie wieder.*«

Die Karin entwickelt jetzt än ganz neua Gedanken: »Wie wär's denn damit: *Nach langen Monaten der Trübsal …*«

Der Alfred schüttelt sein Kopf: »Du wirst mer doch jetzt net von langersehnter Erlösung schreib wolln?«

»Wäßt du was Bessers?«

»Ja, mir schreibm: *Ein Vaterherz hat aufgehört zu schlagen ...*«

»Die hamm doch gar ke Kinner ghabt.«

»Na, schreb mer halt: *Ein Ehemann hat aufgehört zu schlagen ...*«

»Also, so iss des alles nix.«

Dem Alfred werd's jetzt zu viel. »Des iss alles viel zu schmalzig. Mir schreibm einfach: *Du wirst es kaum glauben, aber dein ...*«

»Wieso ›du‹?«

»Na, ich bin doch mit era per du.«

»Aber ich net.«

»Gut, dann schreib mer: *Du/Sie wirst/werden es kaum glauben, aber Ihr/Dein teuerer ...* Nä, statt ›teuerer‹ schreib mer ›treuer‹. ... *treuer Gatte ist von uns gegangen.*«

»Woher wäßt du, dass der treu war?«

Der Alfred iss ganz entsetzt: »Na, mer nimmt doch an ...«

Die Karin kennt die Männer besser: »Also, wenn des alles stimmt, was die Leut damals geredt hamm vom Gustav und von der Marri draus vo Silbich, dann wäß ich net ...«

»Ach, des war doch bloß ä weng ä Seitensprüngla, kaum die Red wert. Än Totn derf mer fei so was net nachtrag, des bissla.«

»Des bissla? ›Treu‹ schreib mer net, basta!«

»Na schreib mer halt ›treusorgend‹. ... *dass Deinem/ Ihrem treusorgenden Ehegatten das Leben aus der Hand genommen wurde.*«

Die Karin wiegt ihrn Kopf: »Iss des net ä weng zu dick aufgetragen? Das Leben aus der Hand? Mer legt doch eher ämal das Messer aus der Hand oder än Löffel.«

»Genau! Des passt! Schreib: ... *dass dein treusorgender Gatte den Löffel abgeben musste.* So sachng doch die Leut immer.«

»Nä, des gfällt mir alles net.«

»Also, dann Schluss der Debatte! Mir schreib nix weiter als wie *mein Beileid!*«

»Wieso dein Beileid? Mein Beileid fei aa!«

»Also gut, dann schreib mer halt *unser Beileid.* Jawoll! So iss die Kartn gut, kurz und bündig: *Unsere liebe Anna, unser Beileid mit unserem stillen Gruß.*«

Die Karin iss immer nuch net ganz zufrieden: »Gruß iss gut, aber still? Ämend wird die Anna depressiv, und mir müssn sa moralisch wieder aufbau. Des iss überhaupt ä Idee: Mir müssn era Hoffnung mach. Wie wär's denn, wenn mir am Schluss schreibertn: *Kopf hoch!* Oder: *Glück auf!*«

»Net schlecht. Ich schlag vor: *Auf dein Wohl! Sei stark und bleib anständig.*«

»Wieso ›anständig‹?«

»Naja, so ä Witwe, da hört mer doch allerhand, die tollstn Sachng manchmal.«

»›Sei stark‹ könn mer aa net schreib, stark iss sa doch scho, die hat doch jetzt scho ihr zwä Zentner. Lieber schreib mer: ... *bald kannst du wieder lachen* ...«

»Genau, mir machng ihr ä weng Hoffnung und schreibm: ... *es gibt noch mehr Männer auf der Welt. Glaub an die Hoffnung, liebe Anna, und liebe deinen Nächsten und danke Gott und sei zufrieden.*«

»Zufrieden?«

»Na klar, des iss fromm, und des gibt Perspektive. Kennst du net den Spruch: Wenn du noch eine Mutter hast ...? Des mit der Mutter hab ich eefach weggelassn.«

»Ich kenn bloß den annern Spruch: Wenn du noch eine Mutter hast, schau, dass sie auf die Schraube passt.«

So, die Kartn iss fertig gschriebm, die Karin liest vor: »*Unsere liebe Anna, unser Beileid, bald kannst du wieder lachen, es gibt noch mehr Männer in der Stadt. Liebe auch deinen Nächsten und danke Gott und sei zufrieden. Mit unserem Gruß. Karin und Alfred.* – So fertig, hast ä Briefmarkng?«

»Ja, Moment, da müssn sa sei. Da hab ich scho eena.«

»Hast ke annera? Da iss ä Bluma draufgemalt, und da steht ›Glück gehabt‹. Des geht doch net auf ä Trauerkartn.«

»Tut mer leid, des war so ä Klebeserie. Da war auf jeder Markng äwas draufgstanna. Die ee hat ghässn: ›Wenn du‹ und dann ›im Leben‹ und dann ›Glück gehabt‹ und dann ›hast, dann‹ und dann ›bist du nicht‹ und als letztes ›unglücklich‹. Aber jetzt hab ich bloß noch die ee da, mit ›Glück gehabt‹.«

Die Karin schent: »›Unglücklich‹ hätt mer jetzt gut gebrauch könn.«

Der Alfred zuckt die Achseln: »Die hab ich neulich auf ä Hochzeitskartn geklebt.«

»Simpl! Da hätt ›Glück gehabt‹ gepasst, oder bei ä Geburt.«

»Oder mir hättn aa ›Glück gehabt‹ einer ledichng Fraa schick könn.«

»Wieso?«

»Na, dass sa net schwanger iss, obwohl sa … «

»Du, hör auf mit deiner dreckertn Fantasie! Es bleibt uns nix übrig, mir müssn, ob mir wolln oder net, jetzt die letzta Markng nehm.«

Wohl oder übel schickng sa der Anna ins Trauerhaus die Trauerkartn – zwar mit tiefschwarzem Rand, aber mit einer Briefmarkng, die die Anna bestimmt wieder ä weng fröhlich stimmt. Wett mer?

Bauersleut

Der Nachber kummt zum Bauern und frecht nach dem
                                        seiner Fraa. –
»Die iss im Haus und kocht, und bügel tut sa aa.« –
»Des denkst *du*, dass dei Fraa derhemm iss am Bügelbrett.
Deraweil liegt sa auf deiner Wiesn mitn Knecht wie in än
                                        Ehebett.« –
»Was?« Der Bauer rennt los, sei Blick iss gfährlich und
                                        hart.
Der Nachber bleibt aufm Hof, er muss grins, und er wart.
Da kummt der Bauer scho zurück und lacht: »Des iss ja
                                        zum Schießn!
Ich war dort, du Depp! Des iss doch gar net mei Wiesn.«

Bei die Nuttn

»Warst du scho ämal bei die Nuttn? Kennst du dich da
                                        aus?« –
»Na freilich, ich war scho öfters ämal in so än
                                        Freudenhaus.« –
»Was? Des gibst du aa noch zu, du gehst zu die
                                        verruchtn Weiber?« –
»Na klar, die hamm doch so schöna, verführerischa Leiber.
Und fast nix an hamm sa, oben ohne und untn frei.
Natürlich hab ich bei jedn Besuch mei eichena Fraa mit
                                        derbei.« –
»Was? Du nimmst dei eichena Fraa mit zu dena? Des iss
                                        doch net normal!« –
»Wieso net? Es eenzicha iss, du musst halt Korkengeld
                                        bezahl.«

Schicksalsschlag am Donnerstag

K äthe, bist du im Keller?«
»Ja.«

»Bring mer drei Fläschli Bier mit rauf.« Die Käthe schnauft schwer die Kellertreppm rauf.

»Gell, Nüssli hasta kenna mitgebracht?«

»Nä. Denk an dein Bauch.«

»Hol noch ä paar Päckli Nüssli und ä Tafel Schoklad.«

»Hol sa dir selber!«

»Ich?«

»Ja, du!«

Da sieht mer, die zwä sinn mindestens seit acht Wochen oder mehr scho verheiert, und der Fernsehabend steht vor der Tür.

Die Katz hat ihrn eigena Sessel und hat aa scho Platz genumma. Sie schläft jetzt scho, wo der Film noch gar net anganga iss. Sie hat ihrn Bauch scho gerammelt voll mit *Forelle mit Huhn in Aspik, senior.*

»Wie häßt denn der Film?«

»Schicksalsschlag am Donnerstag«

»Von die Rosamunde Pilsner?«

»Ja, und jetzt sei ruhig, gleich geht's los.«

»Stell's lauter.«

Der Bert höckt bequem in sein Sessel, die Käthe aa in ihrn, die Genussmittel stehn griffbereit, bei Bedarf könna sa alla zwä schlürf und knusper – und Bedarf iss fei da. *Mon chérie* und Eierlikör stehn bei der Käthe und jede Menge Erd-, Cashew- und Haselnüssli beim Bert seiner Bierfläschli. Der Schicksalsschlag kann kumm.

Wie der Bert sein Bügelverschluss von dem Bierfläschla schnapp lässt, schreit die Käthe: »Ruhig! Ich hör nix!«

»Ja, ja, iss ja gut.« Än Bert sei erschts Bier plätschert nei sein Krügla.

Der Vorspann iss rum, ä tolles junges Weib galoppiert auf än Schimmel über die Wiesn. Im Hintergrund iss es Meer.

Der Bert meent: »Die bleibt in dem Film net lang ällees bei dem Figürla. Die hat dir vielleicht einen knackigen Orsch.«

»Sei ruhig und guck lieber die schöne Landschaft an.«

Die Reiterin erreicht jetzt es Ufer, wo ägrad ä junger Moo tropfnass aus die Fluten steigt.

»Pass auf, gleich küsst er sa. Ich kenn doch die Filme.«

»Halt doch die Goschn, ich versteh ja nix!«

Der junge Sportsmann trückelt sich jetzt ab und strahlt die Reiterin an.

»Na ja, der hat ungefähr mei Figürla«, meent der Bert und lässt sei Bier als Sturzbach auf een Zug nei sein Hängebauch platsch.

Die Käthe sagt: »Än Bauch, so wie du, hat er aber kenn.«

»Den kriegt er noch. Lass na ämal so alt wer wie ich.«

Die Kamera schwenkt jetzt über die wunderschöne Küstenlandschaft von Cornwall.

Die Käthe stöhnt: »Oh, iss es dort schö.«

»Die Erdnüss sinn vom letzten Jahr, die sinn alt.«

»Guck doch ämal die Insel, wie romantisch.«

»Hoffentlich sinn die Haselnüss besser.«

Plötzlich ertönt ein lauter Gröbser. »Des war ich«, sagt der Bert, »du häst des Bier weiß Gott aa ä weng warm stell könn. Alles muss mer in dem Haus selber mach.«

Ä Auto fährt jetzt in Cornwall über Land.

»Halt!« schreit der Bert. »Der fährt ja falsch! Der fährt ja auf die falschn Seitn!«

»Des iss doch in England.«

»Gell, die fahrn links? Na ja, des sinn ja sowieso lauter Linka und Rota, und net ämal katholisch sinn sa.«

50

Jetzt sieht mer eine Szene im Schloss. Die Schlossher-rin ärbet in der Küch, der Graf sitzt in der Bibliothek.

Der Bert mischt sich scho wieder ei: »Die hat doch keine Ahnung. Guck doch ämal hi, wie die die Bohna putzt. Koch will die könn, die Urschel? Aber ä Handy braucht sa, des hammer gern.«

»Bert! Ruhe!«

»Was häßt da Ruhe? Aber ich sag's ja scho immer: Die Engländer hamm ja noch nie koch könn.«

Die Kamera zeigt jetzt eine Gärtnerei, in der ein hart-gesottenes Weib mit frecha Aachng steht und grad Gera-nien umtopft.

»Des iss der eena, wie die scho aussicht. Vo dera hamm mir bestimmt noch einiges zu erwartn. Und außerdem iss die viel zu dick angezochng, jetzt im Sommer.«

»Aber mir hamm doch Winter.«

»Ja, mir, aber im Film iss es Sommer.«

»So, jetzt sei ruhig, Bert.«

»Was häßt hier ›ruhig‹? Wirst sehn, gleich kummt so ä Schlurcher und ... da, da iss er scho! Ich hab's doch gsacht.«

Die Gärtnerin wehrt sich mit sanfter Gewalt gecher den Stallbursch.

»Die wehrt sich ja gar net richtig. So sinn sa, die Wei-ber, die will's doch aa.«

»Bert, sei doch net so ordinär.«

»Na, guck doch hi, sie gibt scho nach. Mensch, so ein Depp, wie der sich anstellt! So knöpft mer doch kenn Bü-stenhalter auf, da muss doch ä Häkela dran sei.«

»Bert, woher wäßt denn du des?«

»Na, des wäß mer doch.«

Die Küsserei und die Schmuserei in der Gärtnerei iss rum, jetzt reden sa deutliche Worte. Sie will äwas von ihm, aber er gibt's era net.

»Jawoll, zeig's era, lass dir nix gfall!«

»Bert, sei jetzt endlich ämal ruhig!«

»Der iss richtig, der iss handfest, so muss mer auftret! So een bräuchertn mir als Bürgermäster.«

Die Kamera iss jetzt wieder in der Bibliothek beim Grafen. Der mecht grad sei Stehlampm an.

Im Bert regt sich der Handwerker: »So ein Pfusch! Guck doch ämal, wie die den elektrischn Stecker eingebaut hamm: senkrecht statt waagrecht! Jeder Stift in Deutschland kann des besser. Ich tät mich net wunner, wenn der in dem Film noch eena gewischt kriegt.«

»Bert, wenn du so laut redst, versteh ich nix.«

»Und jetzt, was iss denn jetzt?«

»Jetzt iss Werbepause.« Die Käthe nimmt sich ä *Mon chérie*. »Mach die Tür auf, die Katz muss ämal naus nein Garten.«

Lauter Mittel wern inzwischen im Fernsehn angeboten: Rheumamittel, Abführmittel, Potenzmittel, Verhütungsmittel, Risiken und Nebenwirkungen, Kredite und Versicherunga.

»Miau!«

»Lass die Katz wieder rei, der Film geht weiter.«

Der Bert iss scho wieder mittn drin im Film: »Ich bin sicher, die Gärtnera hat scho längst än annern. Die braucht doch den Stallbursch net.«

»Bert!«

»Meenst du net aa? Die iss doch mit die Gedankng scho bei än annern. Guck doch, wie frech dass sa lacht.«

»Pscht! Ruhe, ich will jetzt den Film genieß.«

»Genieß. Gut, dass du mich dran erinnerst. Ich mag ke Bier mehr, ich hol mir jetzt än Schoppm. Soll ich dir ä paar Pralinés mitbring?«

»Nä, des sinn zu viel Kalorien.«

Die Kamera zeigt scho wieder Küsserei in der Gärtnerei, aber jetzt springt gauzend ä Irish Setter zwischer die zwä Liebestollen und verhindert die schlimmsten Ausschreitungen.

»Des iss halt ä Hund, ein edles Tier. So een bräuchertn mir.«

Frustriert verzieht sich jetzt der Stallbursch. Der Irish Setter hat sei Liebeslust zerstört.

»Wirst sehn, der bringt sich jetzt um, der hat die Nasn voll vo die Weiber. Ich kanns na net verdenk.«

Kaum iss der Stallbursch fort, kummt der alte Gärtnermeister, grinst recht frech und nimmt die Gärtnerin liebevoll nei sein Arm.

»Hab ich's net gsacht? Die hat än annern! Noch ke zehn Minutn iss des her, wo ich des gsacht hab. Mir gfallert die aa, obwohl, der Altersunterschied iss fei daa, der Alt iss doch viel zu alt für sa.«

»Bert, sei ruhig! Du bist aa viel zu alt für sa.«

»So ein Luder! Hast's gsehn? Die Weiber sinn doch alla gleich. Ich hab's gewisst. Des Drehbuch hätt ich aa schreib könn.«

»Bert, halt endlich dei Maul!«

Der alt Gärtner frecht jetzt des junga Weib: »Liebst du mich?«

Sie antwortet: »...«

»Was hat sa gsacht?«

»Gell, du hast des net ghört?«

»Nä, ich hab grad auf ä Nuss gebissn.«

»Du hörst schlecht, du musst ämal zum Hals-Nasen-Ohren-Arzt, der muss dei Ohrn ausspül.«

»Nä, die Nuss hat so laut geknackt.«

»Ja.«

»Was ›ja‹?«

»›Ja‹, hat sa gsacht.«

»Nä.«

»Joo.«

»Aha.«

Jetzt zeigt die Kamera des Liebespaar vom Strand wieder. Die reitn zu zwätt auf een Gaul.

»Aha, ä flotter Dreier«, secht der Bert.

Der Dreier reit aufs Schloss zu, und sie kumma grad in dem Moment an, wie der alt Graf tatsächlich än elektrischn Schlag kriegt. Des iss der Schicksalsschlag am Donnerstag.

»Morchng iss fei Montag«, secht der Bert, »da müss mer früh raus, da kummt der Bio-Müll. Ich geh jetzt nei mein Bett.« Die drei Bier und der Silvaner hamm ihr Schuldigkeit getan.

»Aber der Film«, jammert die Käthe, »jetzt werd's doch erscht spannend.«

»Der Film? Des war bis jetzt eine einzige Enttäuschung.«

»Aber der iss doch so ergreifend. Hast net gsehn, wie des Gärtnersmädla vorhin bittera Träna gheult hat? Ich hab sogar ä weng mitgheult.«

»Träna? Des warn doch ke echta Träna. Krokodilsträna warn des! Da derf mer sich net verrückt mach lass, wenn Weiber heuln. Der Stallbursch hat recht ghabt, der hat des Weib laaf lass. Kennst net den altn Spruch? *Die Weiber und die Wolken, wenn sa sich verziehn, scheint auch für dich wieder die Sonne.*«

»Bert, sei doch net so grob.«

»Also, ich hätt des Drehbuch ganz annersch aufgezochng. Von wegen Küsserei in der Gärtnerei. Nein! So ä Film muss doch annersch aufgebaut wer: Der alt Graf Herzinfarkt, die Gräfin Bohnensalatvergiftung, der Stallbursch Autounfall, alla drei auf Intensiv.«

»Heiliger Gott, Bert! Sei ruhig und mal den Teufel net an die Wend.«

»Und so geht's weiter: Der Graf kratzt ab, die Gräfin im Koma, der Stallbursch wird wieder, die Hulda kummt geritten zu Besuch, verliebt sich in den Chirurg, häßa Liebesszene auf der Untersuchungspritschn, Krankenschwester kummt derzu und kichert, der Strandschwimmer erwischt den Chirurg und nimmt dann in seiner Not als Ersatz die Krankenschwester.«

»Aber wo, Bert, wo?«

»Na, es wird doch noch ä Pritschn da sinn. In so än Krankehaus gibt's doch genug Pritschn. Und am Schluss: Der Stallbursch bringt sich um. Des sinn Filme! So müssn echta Sonntag-Abend-Unterhaltungsfilme sei!«

Zufriedena Bauern – gibt's des?

An än Bruchsteemäuerla
höckt ä Mondscheinbäuerla.
Hat gepflügt sei Äcker,
sei Sohn, der lernt als Bäcker,
sei Töchter heiern ämal reich,
än Arzt, än Millionär, än Scheich.
Sei Äckerli, nix wert, viel Sand,
sinn bald scho Bauerwartungsland.
»Bloß mei Fraa, die iss bei än annern!«
Ä Bauer hat halt immer äwas zu jammern.

5000 Euro

Die Marrie iss verheiert, ihr Moo iss grad ämal net da.
Da kummt der Nachber Schorsch gschlichng und flüstert
an sa na:
»O Marrie, du gfällst mir, ich tät viel dafür geb,
eemal mit dir im Bett, des möchert ich halt ämal erleb.
Ich geb dir fümfzich Euro. Zu, tu dich net zier!
Wenn du gut bist, geb ich dir sogar noch ä weng mehr.« –
Aber die Marrie iss wütend, und sie schreit empört:
»Für Geld hat mich noch nie eener verführt!« –
»Ich geb dir fümfhundert Euro. O Marrie, erhör mich!« –
»Hau ab!« schreit die Marrie. »Tu fei jaa net verführ
mich!« –
»Fümftausend Euro, Marrie, ich begehr dich, es iss
wirklich wahr!« –
»Fümftausend Euro?« überlegt die Marrie. »Es derf aber
kenns was erfahr!« –
»Vo mir erfährt kenner nix, des kann ich dir schwör.« –
Die Marrie opfert sich auf. »So, jetzt gibst die Fümftausend
her!«

Am Abend kummt der Marrie ihr Moo nach Haus.
»War der Nachbar Schorsch da?« frecht er die Marrie aus.
»War der Schorsch da? Und wieviel Geld hat er dir
gebm?« –
Die Marrie iss fix und fertig, und sie muss sich schäm:
»Ach, Gott, lieber Moo, verzeih mir die Sünd!
Ob ich überhaupt noch Gnade vor dir find?« –
»Gnade? Es geht um fümftausend Euro!« schreit der Moo
mit zornigem Blick.
»Ich hab sa dem Schorsch geliehn, und heut, hat er gsacht,
bringt er sa zurück.«

Vive la France

Über die Autobahn iss es ganga, über Brückng, durch Tunnelle. Die Berg sinn immer niedriger worn, es Land immer flacher, die Hitz im Auto immer mehr, die Autobahn auf eemal immer teuerer – und die Côte d'Azur iss näher kumma.

Der Theo hat es Urlaubsziel rausgsucht, und die annera, zu faul zum selber äwas Raussuchng, hamm mitgemacht. Die annera – des war sei Schwager mit seiner Fraa. Des war die Schwester vom Theo seiner Fraa, also vo seiner Hulda. Ja, ja, die Hulda, des iss sei Fraa – und waffer eena! Seit fümfädreißig Jahr lebt er in fränkischer Vernunftehe und ab und zu aa in geduldig ertragener Liebesheirat eng mit era zamm.

Der Theo, im besten Frührentneralter, hat ganz gezielt den Ferienort in Frankreich rausgsucht, denn er hat gelesen, dass die Badegäste dort oft aa ämal die Hülln fall lassen, also dass es dort Nackerta-Stränd gibt.

Der Schwager hockt am Steuer. Leicht übermüdet raunzt er: »Theo, läs ämal des Schild dort am Parkplatz.«

»Ich? Wart ämal, ich muss zuerscht mei Brilln such.«

Die Hulda meckert: »Dauernd sucht er sei Brilln.«

Der Theo sucht und sucht: »Ich find sa net.«

Die Schwägerin kann aber die Schilder läs. Sie entziffert: »*Sauf Bus.*«

Da lacht der Theo: »Da sinn mir richtig.«

Aber die Hulda schent na: »Du Simpl, des hat bestimmt nix mit Saufm zu tun! Des iss vielleicht ä Bustankstelle, die schluckng doch so viel Benzin.«

Der Theo kümmert sich jetzt wieder um sei Brilln: »Also, ich muss doch glatt mei Brilln derhemm vergessen hab.«

Aber er braucht ja sei Brilln momentan gar net, die Schwägerin liest die Schilder, und kurz bevor der Schwager, der Chauffeur, endgültig eischläfft, sinn sa in ihrn klenna Badeörtla ankumma.

Zwei Doppelzimmer. Die Koffer bringt der Hausdiener nauf. Hend gewaschn – und dann Diner. Na ja, Diner – es war mehr ä Abendessen mit Knoblauch. Prospekte vom Ort liechng rum, sie studiern sa.

»Uii!« schreit da der Theo. »Guckt ämal, was es da gibt: ä Meerwasseraquarium!.«

Die annern schlagen es Aquarium auf und guckng aber gleich näbmhi, wo ä nackerts Mädla abgebild iss – des iss die Werbung fürn FKK-Strand.

»Pfui!« secht die Hulda. »Da gibt's sogar än Strand mit lauter Nackerta!«

»Was?« gähnt der Schwager.

Aber sei Fraa kommandiert: »Nackerta Sonnenfreunde? Da gehen *mir* net hi!«

Und der Theo frecht ganz unschuldig: »Nackerta? Des gläb ich net – in dem katholischn Frankreich? Und ich Rindviech muss mei Brillln derhemm liechlass.«

»Alter Depp«, schent da die Hulda, »sei froh, dass du dei Brilln vergessen hast, da brauchst du dir wenigstens net anzuguckng, was die junga Französinnen alles net anhamm.«

Da jammert der Theo: »Ich seh ja ohne Brilln aa fast alles, aber leider alles ä weng verschwomma.«

Für die Hulda iss des net so schlimm: »Dein Schoppm wirsta finna und aa dei Schnitzel. Den Weg zum Abort findsta aa, dei Hosetürla kennsta auswendig, und mich kennsta aa auswendig, und mehr brauchsta net.«

Jetzt iss der Theo wieder der Organisator: »Sinn unner Koffer *in the room?*« frecht er den Oberkellner.

»Pardon?«

»Unner Koffers, in the Zimmers?«

»Pardon?«

Der Theo mecht jetzt eine Bewegung, wie wenn mer Koffer trachert.

»Aaaah«, strahlt der Oberkellner, »Bagaasch!«

Der Schwager lacht sein Schwager aus: »Sichsta: Wer dumm freecht, kriegt ä dumma Antwort.«

Die Koffer sinn inzwischen in die Zimmer. Die Hulda denkt scho ganz französisch. Sie hat sich noch derhemm ein französisches Dessous käfft. Heut will sa gleich ämal die Wirkung ausprobier, und sie hofft, dass des Mittelmeerklima ihrn Theo beschwingt hat. Sie hat sogar heimlich ä Buch vom Marquis de Sade gelesen und liegt jetzt erwartungsvoll auf ihrn Bett mit ausgezochena Strumpfhosn und mit hochgezochena Augenbrauen.

Der Theo liest aber indessen statt dessen die Bild-Zeitung, die wu er sich an der Grenz noch schnell käfft hat. Des junga Mädla auf dem Foto in der ›Bild‹ hat noch weniger an als wie die Hulda, und sie iss schlanker.

›So geht mer net mit seiner Fraa um‹, denkt sich die Hulda und beschließt, sich an ihrn Moo zu rächen. Ihr Entschluss steht fest: Morgen will sa mitten durch den FKK-Strand laff mit ihrn müdn Moo und mitsamt seiner vergessena Brilln. Da wird er guckng, wenn er nix sicht. Des iss dann die Straf für seine Entcasanovisierung.

»Wo gehen mir denn heut hin?« frecht der Theo.

»Na'n Plasch!«

»Na'n Plasch?«

»Na klar, na'n Plasch. Plasch häßt Strand, du Depp. Des kommt von planschen – *am Plasch kannst plansch.* Du sechst doch immer, du könnerst aa französisch ...«

»Ja, ja, aber da hab ich mehr *l'amour* gemeent. Des hat mir ämal eener gelernt: *Toujour l'amour bei jeder Temperatur.*«

»Des gläb ich! So Zeug kannst du, aber sonst hast du von Französisch keine Ahnung.«

»Joo, ich kann noch äwas: *Merci* und *Mon chéri* – des hab ich beim Rewe gelernt.«

»Also, auf geht's na'n Plasch!«

Da secht der Theo plötzlich: »Du, des geht doch gar net. Da müss mer doch bei die Nackertn vorbei, und die lassn uns doch gar net durch. Mer derf doch net als Angezochener durch die Ungezochena.«

»Ach, was, mir laffm einfach schnell durch.«

»Gell, die annern gehen net mit?«

»Nä, die sinn noch malad.«

»›Malad‹ – was iss denn des jetzt scho wieder?«

»Des häßt auf französisch: die sinn noch freckt von der Fahrt.«

Der Theo und die Hulda laffm los. Es dauert net lang, da kumma scho die erschtn ganz Nackertn.

»Guck ja net hi«, kommandiert die Hulda, »die Leut hamm nix an, sie wolln net angeguckt wer'.«

»Ich seh doch sowieso nix, alles verschwumma. Ich sehn ner bloß rosa und brauna Fleischstücke. Und Haar und Härli.«

»Guck trotzdem net hi. Des sieht mer nämlich net, dass du nix sichst.«

Sie stiefeln weiter.

»Guck jetzt ganz weg, da sinn ä paar ganz junga, hübscha, nackerta Mädli.«

»Wo???«

Die Hulda deut hin: »Na, daaa. Aber guck fei jaa net hin!«

»Wenn ich ner mei Brilln hätt. Ich seh ner bloß Fleischstücke und Haarbüscheli. Die Franzosn hamm der vielleicht starka Haarbüschel unter die Achseln, Dunnerstag!«

»Ich hab gsacht, du sollst weggguck.«

Die zwä schlurfm weiter durch den lockern Sand.

»So, da liechng jetzt ke Leut mehr, da lechng mir uns hi.«

Am einsamen Ende vom Strand, wie sich's für zwä dicka Deutscha ghört, wolln sa sonnenbaden. Ke Mensch iss hier, bloß ein riesiges Reklameschild. Hinter dem Schild zieht sich die Hulda um, der Theo studiert inzwischen die große grelle Inschrift. »Du, Hulda, da steht *très heureux* – des hässt bestimmt: Um dreia kummt es Heu rei.«

»Nä«, widerspricht die Hulda, »*très heureux* – des hässt wahrscheints: Dreia, für heut reicht's.«

Da kummt ä Kind mit än Fußball vorbeigerennt.

Der Theo bremst's: »Du, *child*, was häßt denn des?« Und er deut mit sein Finger auf des Plakat.

Des Kind secht in perfektem Französisch: »Örö!«

Der Theo lacht: »Örö, örö – des häßt doch nie örö. Örö hat drei Buchstabm und *heureux* hat era siebm. Wenn des örö häßt, dann bin ich der Kaiser von China. Ich gläb, des klee Französla kann gar ke Französisch.«

Der Theo sicht scho wieder ä Inschrift: »Französisch iss fei scho ä sauschwera Sprach, da steht noch äwas auf dera Mauer: *defense d'uriner*.«

Die Hulda meent: »Des häßt bestimmt: Wehrt euch gegen die Turiner. Oder: Verteidigt die Ruinen.«

»Komisch, dass die statt Ruinen Urinen schreibm. Und da sachng sa immer, französisch wär so leicht.«

Hemmzuus käfft sich der Theo ä Wörterbuch, dass er ä weng mitred kann. Er liest und blättert und studiert.

»Du Hulda«, der Theo sitzt beim Abendessen ganz entsetzt auf sein Stuhl, »Hulda, wäßt du, was Stuhl auf französisch häßt?«

»Was denn?«

»Ch- wird doch Sch- gsprochng, wie zum Beispiel Charme oder Chenille, gell? Da steht: Stuhl häßt *chaise*, und es iss weiblich, *la chaise*.«

»Also die Chaise …«

»Ja, und Schäßlong häßt *chaise longue,* also die lange Chaise. Iss des net schrecklich?«

Die Hulda schüttelt sich: »Ordinääär!«

Sie essn Schnecken, und sie trinkng Bordeaux derzu. Jetzt kummt die Nachspeis, das *dessert.* Des iss ä leichts Wort, des könna sa sag, des kenna sa von Danone. Das Dessert iss süß, mer kann aber aa Käs hab. Der Theo frecht den Ober: »Hello, Sir, was iss denn des: *fromage de brie?«*

»Ah, Monsieur, fromage de brie, une grande delicatesse«, schwärmt der und guckt ganz verzückt mit verdrehta Aachng zum Himmel.

Da schreit die Hulda: »Jetzt reicht's! Langt's denn net, dass mir hier nackerta Menschn anguck und nackerta Schneckng ess müssn? Jetzt solln mir aa noch die *brie from aasch* probier? Mir iss der Appetit verganga.«

Der Hans schüttelt sein Kopf: »Ich gläb, mir fahrn nächsts Jahr wieder nach Mallorca, wu jeder Depp deutsch spricht.«

Aber der Theo iss anderer Meinung: »Jetzt hab ich des teuera Wörterbuch käfft. Jetzt fahrn mir aa wieder nach Frankreich. In der Bretagne soll's gut sei und billig, hab ich ghört. Die Frage iss bloß: Wer besorgt uns ä Quartier?«

Da wäß die Hulda Rat: »Kein Problem. Da hab ich neulich im Haßfurter Tagblatt gelesen, eine gewisse Jacqueline, die besorgt's mir, hat sa gschriebm.«

»Wieso dir?« frecht der Theo.

»Wäß ich aa net. Sie hat gschriebm, sie wohnert ganz in meiner Nähe, und ›ich besorg's dir‹ hat sa gschriebm, und französisch kann sa aa, hat sa gschriebm. Vielleicht kann die uns helf.«

Die Wunderbrilln

Wecher seiner Brilln iss der Schorsch zum Optiker kumma.
Da hat na der Chef diskret zur Seitn genumma:
»Sie, ich hab da ein sensationelles Modell reikriegt,
weil, wenn mer die aufsetzt, mer alla Leut nackert sicht.« –
Der Schorsch gläbt's erst net, setzt die Brilln auf –
und was sieht er da?
Der Optiker steht da als splitternackerter Moo.
Der Schorsch käfft sich die Brilln, und draus die Straß
hat er aa gleich viel Freude und viel Spaß.
Bei junga Mädli setzt er sa auf und freut sich im Stilln.
Bei ä alts Schrapnell tut er sa schnell runter, sei Brilln.

Wie er hemmkummt, sicht er vorn Haus sein Freund sein
                                                    Audi.
Aha, Besuch iss da. Brilln raus, des gibt jetzt ä Gaudi!
Sei Fraa und sei Freund sitzn nackert aufm Kanapee.
Sie hamm tatsächlich nix angezochng, ner bloß ä weng
                                                    ihr Bee.
Jetzt tut er die Brilln runter – und lacht recht drackert:
»Na, was iss denn des? Die zwä sinn ja immer noch
                                                    nackert.«
Da hört mer, wie der Schorsch schent und wie er bläckt:
»Scheiß Brilln! Vor ä halba Stund erscht käfft,
und jetzt iss sa scho freckt!«

Emanzipationen

Die Frauen sinn heut annersch: Sie rauchng, trinkng und
gehen aus,
deraweil bleibm die Männer derhemm und hüten des
Haus.
Die Frauen wolln nix mehr kochn und putzn, sie sinn
heut sportlich bewegt.
Die Olga zum Beispiel hat ihrm Max eefach ä Zettela
hingelegt.
Dadrauf steht: »Wecher mir brauchst *du* fei net fast,
Koch der selber äwas, wennsta Hunger hast.«
Dem Gustav geht's da besser, er findt aa än Zettel und
lacht:
»Liebling, dei Essen steht im … im … im Kochbuch
auf Seite einhundertacht.«

Ä seltena Krankheit

»Herr Dokter, sachng Sie's mir doch ämal ehrlich:
Iss denn mei Krankheit wirklich so gfährlich?
Mei armer Moo! Muss ich ämend gar ämal sterb?
Hab ich mein Moo scho angsteckt, kann mer des vererb?
Gell? Mei Kranheit iss sehr selten, des kriegen nur
                                        wenig Leut.
Ich hab noch kenn getroffm, der wo da drunter leid.« –
»Selten iss Ihr Krankheit net«, secht der Dokter in
                                beruhigendem Ton,
»die Friedhöf, gnädige Frau, liegen voll davon.«

Wie Hund und Katz

Selten hat's so guta Nachbern gääm wie den Kaspar Schneider mit seiner Fraa, der Monika, und den Winfried Bauer und sei Käthe. Ein Herz und eine Seele warn sa mitänanner, und vieles hamm sa als Nachbern einfach gemeinsam angepackt. Zaun an Zaun hamm sa gewohnt, sind mitänanner alt worn, in Rente ganga, und es war ä Schand, dass sa überhaupt än Zaun ghabt hamm, so gern hamm sa sich gegenseitig ghabt, natürlich in allen Ehren.

Diese Nächstenliebe hat so lang anghaltn, bis der Bauers Winfried ämal än Witz gemacht hat, um sei Nachbern ä weng zu foppen. Er hat nämlich ä paar südspanischa Tomaten gekäfft, scho im Mai, und hat sa heimlich nei sei erst vor zwä Wochng gepflanzta klenna Tomatenstöckli neigebunden.

Der Schneiders Kasper und sei Monika warn baff. »Jetzt im Mai hat der Kerl scho rota Tomaten!«

Wie der Winfried auf Nachfrage den Witz aufgeklärt hat, warn sa ziemlich verschnupft und hamm sich vorgenumma, sich zu rächen.

Beim klenna Sommerfestla der Familie Schneider, drei Wochen drauf, warn die Bauers aa eingeladen, und es hat zu die Silvaner-Schoppen Salzletten gääm. Der Winfried hat gar net gemerkt, dass in dena Salzletten auch ä paar Fremdkörper warn. Der Kasper hatt nämlich aus Fichtenäst ä paar klenna Zweigli – grad so groß wie die Salzletten – rausgschnitten, hatt sa entnadelt, braun angemalt und hatt sa eingereiht. Sie hamm ausgsehn wie Salzletten. Es war schon düster, wie die Salzletten und der Gerupfte aufm Tisch kumma sinn. Der Winfried hat, ohne zu gukken, wie blind, einfach automatisch hingelangt. Die ersta paar hamm herrlich geknuspert und gekracht und gut

gschmeckt, und beim siebten Salzlettla hat's auch gekracht, aber des war dem Winfried sei Schneidezahn.

Weh hat's dem Winfried zwar net getan, denn der
Rentnerreißzahn war selber schon nix mehr echt, aber
trotzdem, des wird teuer. »Wer hat denn da än Holz-
steckng nei die Salzlettn getan?«

»Des war doch bloß ä klenns Witzla!«

»Ä klenns Witzla? Wäßt du, was so ä Zahn kost?« Der
Winfried hält na in der Hend und hebt na anklagend in
die Höh. »Diesen Zahn zahlst du!«

»Fällt mir net ei! Häst vorsichtiger gessn! Warum bista
denn immer so heißhungrig?«

»Des wolln mir ämal seh, ob du den Zahn net bezahlst
– und ein gehöriges Schmerzensgeld derzu!« (Der Kasper
hat ja net gewisst, dass der Zahn falsch war.)

Es iss kumma, wie es kommen musste. Jeder hat sich
än teuern Anwalt genumma, es hat ä teuera Gerichtsver-
handlung gääm, und sie guckng änanner nix mehr an, be-
sonders die Frauen. Der Winfried hat jetzt 20 und 40
Zentimeter übern Zaun noch zwä Reiha scharfen Stachel-
draht gezochng, und der Kasper hat eine Tujahecke auf die
Grenze nebern Zaun gepflanzt, dass mer sich nix mehr seh
muss. Zur gleichen Zeit hamm sich die Bauers zufällig
auch noch ä klenns Kätzla angschafft. Des hat Mienzela
ghäßn und hat am liebsten nei die Nachbern ihr Gemüse-
beete gschissn und sauber wieder zugscharrt. Irgendwie
iss sa als Katz über den eiserna Vorhang drüberkumma.

Die Monika Schneider hat des natürlich gemerkt mit
die Gemüsebeetscheißerei und hat protestiert, aber die
Bauers hamm bloß gelacht und hamm gehässig nüber-
gschriea: »Jetzt wird euer blöds Gemüs wenigstens ämal
gscheit gedüngt.«.

Jetzt hamm sich die Schneiders än Wolfshund angschafft, dass er die Katz fängt. Aber was mecht der

Frekker? Er freundet sich mit dem Katzeviech an, und sie schmusen sogar mitänanner. Der Kasper überlegt, wie er die Bauers ärger kann, und da hat er auf eemal eine Superidee: Er tauft den Hund auf Winfried, dem gleichen Vornama wie sein Nachbersfeind Bauer.

Wie der Bauers Winfried grad wieder ämal in sein Garten steht, muss er zu seim Schrecken hör: »Winfried, du Sauhund, gleich haab ich dir des Kreuz voll, wennst mer noch ämal na mein Hauseck pießt!«

Der Hund Winfried war gemeent, aber der Mensch Winfried, der grad untn an sein Kirschenbaum sei menschliches Wasser abgelassen hat, hat des net gewisst und ist sich keiner Schuld bewusst, muss aber weiterhin hör: »Winfried, du Saukerl! Gehst jetzt sofort her zu mir, oder ich bind dich an!«

Der Bauers Winfried geht zum Zaun und spricht unsichtbar durch die Tujaheckng: »Was willst denn du von mir?«

»Vo dir? Vo dir will ich doch nix! Bild dir jaa nix nix ei! Ich red doch bloß mit mein Hund, der häßt zufällig aa Winfried.«

Der Bauers Winfried geht nei die Küch zu seiner Käthe und secht: »Stell dir vor, der Schneiders Kasper hat sein Hund Winfried getäfft, der Schweinehund. Aber dem geb ich, den zeig ich an!«

»Da kannst du nix dergecher mach. Ich kann mich noch genau dran erinner, wie der Diems Theo vo Machered sei besta Milchkuh Soraya getauft hat. Jeder kann seiner Viecher Nama geb, wie er will.«

»Ja, wenn des so iss, dann könna mir unner Mienzela ja aa umtauf.«

»Na freilich, des iss doch die Idee!«

Die Katz häßt jetzt Monika, und die gegenseitige Ärgerei geht jetzt erst richtig los. Die Menschin Monika

Schneider iss grad ämal nei ihrn Gartn und holt ä Schüssela voll Spinat, da hört sa zu ihrn Schreck: »Ja, Monika, wie sichst denn du aus, du alta Schlampm? Schämst dich net?«

Die Menschin Monika iss erschüttert: »Was hast du gsacht? Du hast's grad nötig mit deiner graua Haar und mit deiner Löcher in die Strümpf!«

»Was wist du?«

»Du hast Schlampm zu mir gsacht!«

»Zu dir? Ich hab doch ner bloß mit meiner Katz geredt. Die häßt jetzt nix mehr Mienzela, die hat jetzt än blödn Nama: Die häßt jetzt Monika.«

»Waaas? Monika? Euer Katz häßt wie ich? Ja, was fällt denn dir net alles ei?«

»Sei jaa ruhig, sonst kriegt sa aa noch dein blödn Nachnama!«

»Jaa net, du Luder!«

»Was hasta gsacht? Luder? So, ab jetzt häßt sa Schneiders Monika! – Katz! Wo hasta dich denn wieder rumgetriebm, du Schneiders Monika, du verreckta!«

Es iss hin und her ganga. Eemal hat mer ghört:

»Na, Winfried, warst wieder bei dera da drübm in der Nachberschaft, hä? Des iss ä häßes Weibsbild, gell? Ich gläb, die iss läufisch.«

Worauf die Käthe natürlich empört zurückschreit: »Eine Unverschämtheit! Mei Moo hat nix mit annera Nachbersweiber! Mit läufischa scho gar net!«

Aber die Menschin Monika lässt net locker: »Kasper, geh mal her, der Winfried hat mir quer übers Gsicht geleckt, die Sau, die alt. Guck, wie der sich fräät, der Winfried, und wie er heut wieder mit sein Schwanz wedelt.«

Da wird die Käthe käsweiß und bläckt durch die Heckng: »Du ordinäre Person! Du hast ja keine Hemmungen.«

»Wieso denn? Mit euch reden mir doch gar net, mir hamm's doch von unnern Hund, und der kann wedel, mit was dass er will.«

Wenn natürlich jetzt eener denkt, die Käthe, auf der annern Seitn, wär ä Engel, na hat der sich getäuscht. Die schreit aa manchmal durch die Löcher in der Heckng: »Monika, du falsches Biest! Gell, mei Winfried hat dir scho wieder dei Pelzla gekrault?«

Worauf ihr Moo, der Mensch Winfried, ganz überrascht antwortet: »Ich? Dera Schneiders Monika ihr Pelzla?«

»Nä, unnera Katz ihrs. – Also, Monika, du frisst ja wieder ämal wie eine Sau! Und was für dreckerta Pfotn du hast!«

Des war dem Schneiders Kasper denn doch zuviel, und bei nächster Gelegenheit, nämlich wie die Katz wieder ämal in Nachbars Gartn war, schreit er: »Fass! Winfried, fass! Pack dena Bauers ihr Katzeviech, aber pass auf, dass du dir die Vogelgrippe net eifängst!«

Der Hund Winfried hat weder die Katze Monika gfasst, noch hat sich die Katze Monika je an dem Hund vergriffen – sie warn doch die besten Freunde und hamm die unsinnige Schreierei gar net verstanna. Mit der Zeit iss es ruhiger worn in dena zwä Nachbarshäuser, aber das war die Ruhe vor dem Sturm.

Fast gleichzeitig iss in dena Nachbershäuser Kriegsrat ghalten worn, und man war hübm wie drübm fest entschlossen: Mir gewinna den Krieg! Über Frieden hamm sa net ämal ansatzweise nachgedacht.

Der Kasper hat zu seiner Monika gsacht: »Du hast sicher aa gsehn, dass dena ihr blöda Katz gern Tortn frisst. Die Müllera, unner Nachbera von weiter unten, hat doch *die* Wochng ihrn Achtzigsten. Da stelln mir dena Bauers ä Stückla Tortn aufm Terrassentisch und schreibm derzu: ›Guten Appetit wünscht Josefa Müller.‹ Des sieht dann aus wie ausgetragen, und mir tun Rattengift nei, weil des ja sowieso die Katz frisst, bis die Bauers lang guckng. Dann freckt des blöda Katzevieh.«

Beim Bauers Winfried und seiner Käthe sinn ähnlicha Gspräche gführt worn: »Den räudichng Köter, den schläfern mir ei! Da, ich hab scho ä Fleischwurst mitgebracht. Da tun mir jetzt mindestens sechs Schlaftablettli nei, dann wacht der Sauhund nix mehr auf.« Kurz drauf ruht die appetitliche Fleischwurst auf einem kleinen Teller auf dem Küchenfensterbrett von der Familie Schneider.

Die Mordanschläg warn gut gemeent, aber sie sinn total in die Hose ganga.

Wie die Schneiders gecher Abend hemmkumma sinn, war der Hund Winfried noch im Keller eingsperrt, und die zwä Menschen hamm sich heißhungrig über des Stück Wurscht hergemacht. Sie hamm sa aufgessen.

Bei die Bauers iss es ähnlich ganga: Noch bevor die Katz die Tortn gerochng hat, hat sa die Käthe schon entdeckt, hat schnell än Kaffee derzu gekocht, und dann hamm sa Kaffeekränzla gspielt. »Ach, die gut Josefa«, hamm sa gsacht, »dass die aber aa immer so an uns denkt.«

Zwä Stund später kotzen die Bauers wie die Reiher. Sie wolln um Hilfe ruf, sie sinn aber scho zu schwach und könna bloß noch telefonier. In ihrer höchsten Not telefoniern sa zu die Todfeinde, die Schneiders, nüber, aber da hört kenner, obwohl ihr Auto vor die Tür steht. Kenner wäß, dass die scho lang über ihr Esszimmerstühl hänga und selig schlaffm. Der Winfried wankt zwischer zwä Kotzbrocken noch vor sei Tür, da kummt, Gott sei Dank, ein Passant, und der lässt die zwä in schlimmen Zustand ins Krankenhaus einliefer.

Die Käthe secht: »Des warn bestimmt die Schneiders, die wollten uns umbring! Drum hamm sa aa ihr Telefon net abgenumma.« Und sie schickt die Polizei hin, dass die zwä Mörder verhaft wern.

Gut, dass die Polizei bei die Schneiders die Tür schließlich aufgebrochng hat, um sa zu verhaften. Die schlaffm nämlich wie die Ratzn, wie halber tot, und sie kumma aa nei die Klinik, im Delirium und im selben Stockwerk, Zimmer an Zimmer mit die Bauers. Drei Tag später sind die Vergiftungssymptome ziemlich weg bei die Bauers, und aa das Ehepaar Schneider wacht langsam wieder auf.

Aufm Gang begegnen sie sich.

»Was mir mitgemacht hamm!«

»Und mir erscht!«

Alla vier hamm je drei bis fümf Kilo abgenumma.

»Jetzt könnt mer eigentlich wieder ämal ä Sommerfestla feier«, schlägt der Schneiders Kasper vor, und die zwä Bauers sagen wie aus einem Mund: »Aber ohne Salzletten und ohne Fleischwurscht!«

»Und ohne Schwarzwälder Kirsch«, meent der Kasper.

Fränkisch verheiert

»Lass sa doch«, secht die ee Fraa, »lass sa doch mach.
Was die zwä mitänanner treibm, des iss doch *ihr* Sach.
Mit so än flottn Moo im Bett, iss des net schö?
Und außerdem sinn sa doch verheiert, die zwä.« –
»Des isses ja grad«, protestiert da die anner,
»verheiert sinn sa scho – aber net mitänanner!«

Glatteis

Der Opa iss gstorbm, Trauerfeier mit großem Brimborium.
»Bua, bringst hemmwärts die Urne mit vom
                                    Krematorium.«
Es iss Januar, der Schulweg iss glatt, der Bua rutscht fast
                                    aus.
Drum tut er zum Streun ä weng Aschn vom Opa aus der
                                    Urne raus.
Es geht bergauf, er streut weiter, ohne dass er's eigentlich
                                    wollert,
aber wie schnell iss mer als klenns Kind hingebollert.
Auf eemal merkt er: »Heiliger Gott!
Die Urne iss leer, der Opa iss fort!«
Da find er ä Mülltonna mit Aschn drin.
Er füllt die Urne schnell auf. Kenner hat's gsehn.
Derhemm fräät sich die Oma: »Ach, der Opa iss wieder
                                    daa.
Ich will gleich ämal neiguck auf mein guten Moo. –
Ach, Opa«, vor Schreck lässt sa die Urne bald falln.
»Was iss von dir übrig? Ä weng Aschn und ä paar
                                    Eierschaln!«

Zu zwätt iss es schöner

Die Elsa hat sich ä weng hingelegt ghabt – in ihrm Alter derf mer des. Jetzt iss es dreia, sie iss erholt und ausgeruht. Im Bad mecht sa sich frisch und spritzt sich sogar ä weng Parfüm an ihr strategisch wichtiga Stelln – na ja, da, wo mer halt eher ämal ä weng riecht – an die erogenen Zonen, genau. Jetzt die Frisur noch ä weng dressiert. Sie lächelt sich selber an; sie hat nämlich kenn Moo mehr zum Anlächeln.

In der Nachberschaft? In der Nachberschaft sinn lauter alta Männer, höchstens der Dings, der gingert, der Dings – na, wie häßt er wieder? Manfred, genau! Also der Manfred, der gingert, des könnert sa sich höchstens noch vorstell, mit dem könnert mer ämal … Aber des sinn aa ner bloß Träume. Außerdem iss der locker 15 Jahr jünger als wie sie. Wie gsacht, momentan hat sa, außer sich selber, nix zum Anlachen, vor allem kenn Moo.

Ihrn eigena, ihrn Moritz, hat sa sowieso mehr angschnauzt als wie angelächelt. Nä, net gern oder gar freiwillig – nä, er hat's halt gebraucht. Der war ja so eigensinnig, der Moritz. Immer, na ja, manchmal hat's nach sein Kopf geh soll statts nach ihrn. Deswecher hat sa na an müss schnauz, wirklich öfter, als ihm lieb war.

Was soll sa heut am Nachmittag noch ärbet? Der Tag iss ja bald rum. Eigentlich könnert sa noch ä weng bügel. Viel zu bügeln hat sa nix mehr, seit der Moritz in die ewigen Jagdgründe übergesiedelt iss, wie er immer gsagt hat. Jetzt iss er drin, jetzt hat er kess mehr, wo na sei Zeug bügelt. Ob er sein Frieden hat, sein ewigen? Sie wäß es net, aber dass er ke Fraa mehr hat, die na dirigiert und die sich hartnäckig um na kümmert, das befürchtet sie. Wahrscheints fliegt er ohne direkte Befehle und Aufgaben glücklich und selig beschwingt durch die Wolken dahin. Des iss doch nix für än Moo, der Führung braucht.

Bevor sa ihr Bügelbrett holt, zupft sa noch ämal ihr Pulloverla zurecht vorm Spiegel. Sie iss fei noch ä saubers Weib, sicht sa im Spiegel. Alla Rundunga sinn da, wo sa gebraucht wern, und alles fei echt fleischlich und ohne Acryl und Silikon oder wie des Zeug häßt. Von ihrm prallen Busen könnert sich so mancha dürra Hepper ä Scheiben abschneid. Natürlich nur bildlich gsprochng.

So, es Eisen iss häß. Als erstes nimmt sa sich ihr Neglischee. Des iss zwar ein ganz heißes Sexymodell, aber mer derf's net gar zu heiß bügel. Wie sa so mitn Eisen über die feina Spitzli und Trägerli fährt, da träumt sa ä weng von ihrn – nä, net von ihrn Moritz, nä – sie träumt ehebrecherisch von ihrn Jugendfreund, dem Max. Von ihrn Freund von vor fuchzich Jahr.

Fuchzig Jahr iss des scho her? Ja, ja, aber des Träuma iss fei immer noch schö. Des war halt ein strammer Max damals, gecher später ihrn Moritz – kein Vergleich.

Es schellt. Sie zieht die Schnur raus, net den Stecker – nein, sie *reißt* an die Schnur. Vielleicht iss es die Paula zum Ratschn? Die wenn's iss, dann dauert's lang. – Nä, ihr Nachber Andreas iss es, der alt Andreas.

»Na, Andreas, dass du dich aa wieder ämal zu mir verirrst?«

»Ja, Elsa, Grüß Gott. Du, Elsa, ich hätt da ämal ä ganz besondere Bitte. Ä was ganz Außergewöhnliches.«

»Naja, na sag's halt, wenn ich dir helf kann, nacher bin ich doch immer bereit ...«

Der Andreas war ä Wittmoo, und sie denkt: ›Der iss ja mindestens zehn Jahr älter als wie ich. Was will denn der? Der hat mir grad noch gfehlt.‹

»Also, Elsa«, stottert der Andreas, »ich trau mir's fast net zu sachng, es iss ä ganz kitzlicha Gschicht. Bis jetzt hab ich's immer selber gemacht, aber jetzt iss es scho wieder so lang her, ich wäß nix mehr genau, wie's geht.«

Der Elsa läfft die Genshaut auf, und sie wird feuerrot. Sie will was sach, aber es fehlen ihr die Worte. ›Der alt Andreas‹, denkt sa sich, ›der alt Andreas, der wird mer doch net Lust hamm auf ... Aber nä, der, in dem sein Alter ...‹

Der Andreas fährt fort: »Wie gsacht, älles geht's net so schö. Ich hab mir sogar än teuern elektrischen Apparat gekäfft, aber aa des iss net die wahre Freude.«

›Die wahre Freude‹, fürchtet sich jetzt die Elsa, ›die wahre Freude will er jetzt bei mir find? Ich soll also besser sei wie sei elektrisch Apparätla? Des will ich aber aa meen. Wäß Gott, was er sich da in Flensburg gekäfft hat. Also, des iss dir vielleicht ein Draufgänger! Weißa Haar, aber – alln Respekt.‹

»Elsa, versteh mich recht«, fängt der Andreas wieder an, »ä Moo älles kann des natürlich aa. Es gibt ja tausend ältera Männer, Wittmänner, wo des Wochng für Wochng mach müssn, aber wenn du mir derbei helf könnerst, des wär Klasse, ich geb dir aa was derfür.«

Jetzt iss der Elsa, klar was er will, auf was er Lust hat. Die Hormone lassn na offensichtlich net in Ruh. Es hungert na nach was ganz Bestimmten. »Am besten iss, ich beruhig na erscht ämal.«

Sie iss jetzt ä Psychologin oder so äwas Ähnlichs: »Andreas, jetzt gehst erst ämal hemm und trinkst än Schluck kalts Wasser, und dann gehst du nein Bad und duschst eiskalt, und wenn dann dei Verlangen immer noch so arg iss, nacher setzt du dich nein Zug und fährst nach Schweinfurt. In der Näh vom Hauptbahnhof gibt's ä Café mit so än roten Reklameschild. Die Mädli dadrin, die erfülln dir dann scho dei Wünsche. Billig iss des allerdings net.«

»Aber Elsa, ich will doch net wecher dera Kleinigkeit,

die wu ich brauch, extra nach Schweinfurt fahr. Des kannst du doch aa. Da, ich hab den elektrischen Nasenhaartrimmer gleich mitgebracht. Du hast doch noch guta Aachng, du kannst mir doch die paar störrischa Härli, die wu mir aus die Nasn und aus die Ohrn rauswachsen, leicht wegrasier.«

»Ach so, des iss dei Wunsch. Des wern mir gleich hamm. Tu mal dein Apparat her. Sinn Batterien drin? So, die paar Haar mach ich dir gründlich weg. Ich hab dich zuerst falsch verstanna. Ich hab gedacht, du möcherst, dass ich dir än Kuchng back.«

»Elsa, des wär aa ä Idee. Ich kann des Kuchenbackng zwar aa, aber zu zwätt iss des bestimmt aa schöner, wenn ich mich recht erinner.«

»Es gibt vieles, was zu zwätt schöner iss«, schmeichelt jetzt die Elsa. Sie wäß, heut kummt ke jagdbares Wild mehr vorbei, parfümiert iss sa aa scho, sie greift nach dem altersschwachen Andreas sein runzlichng Strohhalm und denkt sich: ›Besser wie gar nix.‹

Der Andreas aber iss in dieser Hinsicht eine Enttäuschung. »Ach, Elsa, du bist halt in Ordnung, weil du net auf uns gutaussehende jugendlicha Männer aus bist, weil du net so mannstoll bist. Mit Weiber will ich nämlich nix mehr zu tun hab. Ich bin froh, dass ich mei Frieda los hab. Hoffentlich iss sa net nein Himmel kumma, dass ich sa net wiedertreff, wenn ich ämal neikumm.«

Ein galantes Abenteuer

Er war eingeladen bei einem ganz tollen Weib
mit än wunderschönen, verführerischen Leib.
Wie sa na scho empfanga hat: im Neglischee!
›Na, heut abend‹, hat er gedacht, ›müssert eigentlich
was geh.‹
Blöd war bloß, Mittag hat's Bohnensalat gäbm mit
Zwiebel.
In sein Bauch geht's rum, ihm war's scho ganz übel.
Und er hat gsacht: »Verzeih mir, mei Mäusla,
ich bin gleich wieder da, ich muss schnell ämal aufs
Häusla.«
Aber weil der Lärm von dort vielleicht die Liebeslust
stört,
hat er im Klo laut es Singa angfangt, dass mer's net so
hört.
Er hat gsunga: »Es geht alles vorüber, es geht alles
vorbei ...«
Da hat sie gschrien: »Du musst dich gscheit draufsetz,
dann triffsta aa nei!«

Immer die Kinner

»Baustelle betreten verboten« steht da, wo die Ärberter
                             schafften.
Und dann steht noch da, dass Eltern für ihr Kinder haften.
Woannersch, die Spielplatzschaukel iss freckt, des sicht
                            doch ä Blinder,
nämdran steht ä Schild: »Eltern haften für ihre Kinder!«
Sie spieln Strächli und schmeißn Fensterscheibm ei,
sie sprühn Wend an und spuckng in mancha Suppm nei.
Sie klebm Kaugummi auf Stühl, Vater und Mutter kumma
                          schnell dahinter.
Ihr Hosen klebm dran fest: Eltern haften – für ihre Kinder!

Beteiligungen

Der Egon iss verheiert, und Banker in ä Bank iss er aa.
Und er hat ä gutgebauta, hübscha, aber liebestolla Ehefraa.
Eines Tages secht sei Freund: »Gell? Des wässt du noch
                          net:
Dei Fraa geht fei noch mit drei annera Männer neis
                          Bett.« –
»Ich wäß, aber ich bin doch«, ringt der Egon sei Hend,
»lieber mit än Viertel an einer guten Sach beteiligt als an
einer schlechten mit 100 Prozent.«

Dorftratsch

Sechs Frauen kumma nein Pfarrhof gsprunga:
»Herr Pfarrer, hamm Sie's scho ghört? Än Schneider sei
                                        Junger!« ...
»Was der mit seiner Fraa gemacht hat!« ...
                    »Heut nacht!« ...
»Beinah hätt er sa fei sogar umgebracht!« ...
»Ja, und sei Mutter!« ... »Die Kinner!« ... »Der Vater!«
Alla reden gleichzeitig, es war der ein Geschnatter.
Die Ohrn tun dem geistlichen Herrn scho weh:
»Net alla auf eemal, ich kann euch net versteh!
Net alla durchänanner, jeder kummt dran,
eena nach der annern, *die Älteste* fängt an.«
Auf eemal iss es mucksmäuschenstill.
Wer wäß, warum kenna mehr tratschen will?

Blasmusik

Der Opa wird immer älter, es wird eine Besprechung
                                        ghaltn,
wie sa dereinst würdig die Beerdigung gestaltn.
»Bluma und Kränz«, häßt's, »brauch mer net so viel.
Aber eens: Die Blasmusik muss auf jeden Fall spiel.«
Des hört des Fränzla, und beim Mittagessen –
der Klee war wie immer nebern Opa gsessen –
secht er mit vollem Mund und mit traurigem Blick:
»Opa, bei deiner Beerdigung spielt fei ämal die
                                        Blasmusik.« –
»Hältst du dei Goschn!« schent die Mutter. »Herrschafts
                                        nuchämal nei!
Des soll doch fürn Opa ä Überraschung sei!«

Wilhelm Wolpert bei vmn

Fränkischa Frecker
Fränkische Gschichtn und Gedichte
Der kranke Franke
Fränkische Gschichtn zum Gsundlachen
Ä Katz müßt mer sei
Fränkischa Gschichtli vo fränkischa Tierli
Haut ab! Des iss unner Feuer!
Geschichten von der »Fröhlich-Fränkisch-Freiwilligen Feuerwehr«
Jetzt wird's aber Zeit
Weihnachtliche Geschichten und Gedichte für Franken
Liebes Christkindla ...
Weihnachtliche Geschichten und Lieder aus Franken
Herrgott, Dir wenn's nachging
Frech, fromm, fränkisch
Der fränkische Moo
War der eigentlich immer scho so?
A fränkischa Fraa
Die kummt een zwar teuer, aber – mer hat aa lang draa
Schwarza fränkischa Schäfli
Immerzu fromm in Gedanken, Worten und Werken –
des sinn net grad än echten Franken sei Stärken.

Die CDs

So sinn sa halt, die fränkischa Frecker!
Live auf einer fränkischen Kleinkunstbühne
Wilhelm Wolpert – live erlebt!
Live auf einer fränkischen Kleinkunstbühne
A fränkischa Fraa und ihr Moo
Ein Hörbuch, gesprochen von Wilhelm Wolpert.
Wer lacht'n an Weihnachtn?
Lieder und Geschichten mit Wilhelm Wolpert.
Weitere Information siehe auch Seite 4

Verlag M. Naumann, Meisenweg 3, 61130 Nidderau
Tel. 06187 22122, Fax 06187 24902
E-Mail: info@vmn-naumann.de
Besuchen Sie uns im Internet: www.vmn-naumann.de